나를 춤추게 하는

가족 교향곡 2

지은이 온라인 대가족 2

강은혜 이선미 정서인 김희정 신유정
권정란 이은주 장희선 홍현정 유유정

기획 이루미, 권세연

도서출판
청어

나를 춤추게 하는
가족 교향곡
온라인 대가족2 지음

발행처	도서출판 청어
발행인	이영철
영업	이동호
홍보	천성래
기획	남기환
편집	방세화
디자인	이수빈 ǀ 김영은
제작이사	공병한
인쇄	두리터

등록 1999년 5월 3일
   (제321-3210000251001999000063호)

1판 1쇄 발행 2023년 4월 10일

주소 서울특별시 서초구 남부순환로 364길 8-15 동일빌딩 2층
대표전화 02-586-0477
팩시밀리 0303-0942-0478
홈페이지 www.chungeobook.com
E-mail ppi20@hanmail.net

ISBN 979-11-6855-136-7 (03810)

나를 춤추게 하는
가족 교향곡

지은이 • 온라인 대가족 2

강은혜 이선미 정서인 김희정 신유정
권정란 이은주 장희선 홍현정 유유정

기획 • 이루미, 권세연

추천사

 이 책에 나온 문장들을 읽으며 마음이 점점 따스해졌다. 마치 난로의 온도가 점점 올라 온몸이 따뜻해지는 느낌이었다. 언론에 종종 등장하는 고독사의 뉴스를 볼 때마다 이 시대에 가족은 이렇게 무너져가는가 하는 간절한 안타까움 있었다. 이 책을 보며 안타까움을 기대와 소망으로 바꿀 수 있었다. 그래, 여전히 우리에겐 가족이 있다. 가족의 사랑이 있다. 가족의 소중한 의미를 다시 새겨준 이 책이 많은 이들의 손에 전해져 이 나라가 따뜻한 가족 사랑으로 행복한 사회가 되길 소망하고 기대한다.

『내 상처의 크기가 내 사명의 크기다』 저자
송수용

 가족은 세상을 연결시키는 첫 단추이자, 없어서는 안 될 운명적 존재이다. 가족을 통해 우리는 웃고, 울고, 희로애락을 경험한다. 『나를 춤추게 하는 가족 교향곡』을 통해 가족에 대해 애틋함과 사랑이 깊어지는 시간이 될 것이다.

『글쓰기부터 바꿔라』 저자
기성준

세상에 나온 수많은 노래나 영화 중에서, 언제나 사람의 마음을 따뜻하게 해주는 것은 가족의 이야기다. 삶을 살아가며 겪는 수많은 좌절 속에서도 다시 힘을 내게 해주는 사람들도 언제나 나를 지지해주는 가족이다. 기쁠 때 함께 웃어주고, 슬플 때 함께 울어줄 수 있는 사람, 가족이 있어서 따뜻한 온기로 마음을 채우고 삶을 살아갈 수 있다. 여러 작가님 가족들의 이야기가 담긴 이 책으로 많은 사람이 자기 가족들의 소중함을 한 번 더 생각해 보고 사랑으로 대해줄 수 있길 기대한다.

『오늘도 새벽에 일어나 기적을 깨웁니다』 저자
이경진

가족이란 따뜻함이다. 애정이다. 읽는 동안 가슴의 한 공간에 먼지가 쌓였음을 느꼈다. 손님이 찾아오지 않는 사랑방이었던가? 가족 없이는 존재하지 못했으면서 바쁘다는 이유로 놓치고 있었던 것이 아니었던가! 애잔했던 과거의 기억, 현재의 단란함, 이 사랑은 기억 속에서 떼려면 뗄 수야 없는 기억이다. 바쁜 삶 가운데 여유를 가지고 중요한 것의 의미와 가치를 떠올리는 시간이 되었다. 아 가족이여!

『서른하나 간호사가 되었습니다』 저자
푸른

나를 춤추게 하는 가족 교향곡

이 책은 10명의 주부 작가들이 기억하는 가족에 관한 이야기입니다. 가족이기에 판도라의 상자에 꼭꼭 담아 감춰둘 수밖에 없었던 옥빛 사연이 세상 밖으로 나왔습니다. 작가들의 문체가 계묘년 세화처럼 빛납니다. 스며든 기억에서부터 마지막 순간까지, 다채로운 사연들이 마치 여성의 일생을 말하는 듯합니다. 여성은 생명을 낳는 존재입니다. 어머니죠. 이 책은 그 어머니들의 섬세한 시선과 감각과 느낌과 운율로 만들어진 가족 교향곡입니다. 또한, 딸로서 누이로서 아내로서 며느리로서 그리고 주부로 살면서 감내하던 사랑과 헌신의 노래가 담겨 있습니다. 악보를 펼치면 어느덧 독자들도 자신의 내면에서 들려오는 노래를 들을 수 있을 겁니다. 그 기억의 파편이 여러분 가족들의 안부를 물을 겁니다.

『스토리텔링의 역사』 저자, 대학교수
이대영

프롤로그

'호~' 해주고 나면···

이루미
응답하라 3040 주부대표

5살 둘째는 넘어지든 긁히든 다치면 내게 와 '호~' 해달라고 한다. '호' 해주고 나면 다 나은 듯 하던 놀이를 하며 다시 잘 논다. 그 이야기를 이 책의 1탄인 『그래도 괜찮아, 가족이야』 책 목차로 글쓰기를 함께 하는 모임에 공유했다.

그 모임(치유적 글쓰기)을 진행하시는 성 대표님은 이 안에서도 서로 아픈 이야기를 들으면 '호' 해주자 하셨다. 효과는 탁월했다. 생각지 못했다. 다 큰 어른들이 '호~' 한마디에 힘을 얻고 기분 좋아질 줄이야. 그것도 줌으로만 만난 다양한 연령의 사람들이기에 더 놀라웠다.

가족 관련 글은 꺼내기도 보기도 조심스러웠다. 그때 그 안에서 나누는 인사는 서로의 마음을 안정시켜주었다. "들어주셔서 감사합니다.", "나누어 주셔서 감사합니다."

가족이라 느껴지는 것도 안정감을 주는 것도 글을 쓰는 것도 이와 같은 아주 작은 마음 표현으로도 충분히 가능하다는 걸 깨달았다. 가족이 있어서 가족이라 느껴지는 것도 가족이 없어서 가족을 못 느낄 것도 아니었다. 어쩌면 그 안에서 느끼는 안정감이 있느냐 없느냐에 따라 가족 품이 되기도 살얼음판이 되기도 하는 게 아닐까?

오래도록 머물고 익혀지고 자신을 자라게 한 가족, 그 가족에 대해 쓴 10편을 서로 나눠보며 자신을 넘어 가족을 좀 더 이해하게 되고 토닥이며 사랑하게 된다. 때론 숨기고 싶고, 말하고 싶지 않은 크고 작은 가정 안의 희로애락들이 나만의 이야기는 아니라는 것을 깨닫게 해준다. 그 공감대는 세상을 조금 더 살맛 나게 일할 맛 나게 한다.

그렇게 글로 연결된 사람들이 책을 통해 더 많은 사람으로 이어져 어디에 있든 서로가 있는 지금 그곳에서 '호~' 해주는 엄마의 그 따스함과 안정감을 느끼게 해주는 책이 되길 바란다.

감사인사

관심 어린 마음으로 함께 해주신 독자님들, 색색의 10명의 작가님, 치유적 글쓰기 모임 진행해주신 성정민 대표님, 글쓰기 특강을 해주신 이가희 박사님, 출간해주신 이영철 대표님과 출판사 가족들, 추천사 써주신 분들, 진심 안정되게 함께 해주신 응답하라 공저팀, 이 모든 분을 있게 해주신 가족들, 이 책이 나올 때까지 생각과 말과 행위로 알게 모르게 도움을 주신 모든 분께 가장 먼저 깊은 감사의 말씀을 전하며 이 책의 첫 장을 넘겨본다.

목차

✷ ✷ ✷ ✷ ✷

제1장
스며든 기억

제2장
의미있는 가정사

제3장
꼭 전하고픈 말

부록

나를 춤추게 하는

가족 교향곡

제 1 장

스며든 기억

제1장 스며든 기억

내 가족은 말이야

사랑은 가장 가까운 사람
가족을 돌보는 것에서부터 시작된다.

- 마더 테레사 -

내 가족은 말이야

40대 강은혜

가족이라는 말을 떠올리면 여러 가지 감정이 동시에 떠오른다. '따스함, 행복, 슬픔, 두려움, 고통' 그리고 '과연 누가 나의 가족이지?'라는 질문도 함께 떠오른다. 가족의 다른 이름은 '식구'라는 점을 생각해보면 피를 나눈 혈육도 가족이지만 함께 식사하고 일상을 나누는 사람들이 진정한 의미의 가족은 아닐까?

나에게는 어린 시절을 함께 해준 다양한 그룹의 가족들이 존재한다. 엄마, 아빠, 남동생 그리고 나로 구성된 4인 가족, 외할머니와 외삼촌들로 구성된 넓은 의미의 혈육의 가족, 또 늘 나를 위해 기도한다고 말해주시던 권사님들이 계시는 교회 가족, 그리고 골목에 나가면 늘 나의 이름을 부르며 오지랖을 부려 주시던 동네 가족들이다.

나는 80년대 서울의 어느 병원에서 1남 1녀의 장녀로 태어났다. 핵가족화가 한참 진행되는 그 시절에 1남 1녀의 장녀란 지극히 평범했다. 그러나 최근에 크게 유행했던 '응답하라'로 시작하는 어떤 드라마 속 배경처럼 서울이지만 약간은 시골스러운 동네에서 자란 나는 대문 밖을 나서면 누구나 내 부모님을 알고 나를 알고 내 이름을 부르며 아는 척을 하는 그런 동네에서 자랐다. 서울에 연고가 없었던 아버지는 결혼하면서 엄마의 친정 근처에 신혼집을 마련하셨다. 어린 시절 내 기억 속에서는 다정하게 웃으시던 우리 외할머니의 미소가 늘 함께한다. 서로 다른 지붕 아래 살던 우리 가족들은 외할머니가 사시던 동네가 재개발이 시작되며 우리는 2층, 외할머니는 3층, 한 건물에 모여 살며 더 가까이 지내게 된다.

아빠는 어린 시절 고향을 떠나 기술을 배우러 서울에 상경하셨고 젊은 나이에 자신의 이름을 건 사업체를 운영할 정도로 성공한 청년이었던 것 같다. 살생기고 전도유망한 젊은 사업가 청년을 눈여겨보신 지인의 소개로 엄마를 만나게 되신다. 아빠는 엄마에게 첫눈에 반해서 끊임없이 청혼한 것은 아니었다고 하셨다. 아빠는 이제는 돌아가신, 나에게는 '인자한 미소'로 기억되는 우리 외할머니가 너무 좋아서 엄마와 결혼하셨더란다. 아마 우리 외할머니가 아빠가 꿈꾸던 '어머니상'이었나보다. 그러나 다정하고 가정적이었던 외할아버지와는 다르게 친구를 좋아하고 사람을 좋아하고 사업을 핑계로 바깥으로 돌아다니시는 아빠와 함께 결혼 생활을 시작하며 우리 엄마는 외할머니와는 다른 인생을 살게 된다. 나보다도 세상 물정 모르고 순진한 아가씨였던 엄마가 다소 거칠고 목청이 커진 것은 누구의 탓이라고 해야 할까?

나는 어쩐 일인지 때로는 이유 없이 불편하고 숨이 막히는 우리 집보다는 늘 나를 품에 안아주시던 외할머니 집을 즐겼고, 주말만 되면 찬양 소리가 가득하던 교회에서 온종일 지내곤 했다. 그러면 나의 마음은 제자리를 찾아 평온해졌다.

나를 춤추게 하는 가족 교향곡

내 가족은 말이야

30대 이선미

나는 언젠가 남편에게 말했다. "죽기 전에 당신에게 할 말을 미리 생각해 놨어요.", "우리는 꽤 괜찮은 팀이었어요. 그렇죠?" 우리는 결혼한 지 11년 차 부부임에도 싸운 적이 별로 없다.

장남으로 태어난 남편은 지도력이 있고 참을성이 많다. 내가 별일 아닌 일로 짜증을 내도 잘 이해해주고 금세 웃을 수 있게 해준다. 나는 남편을 잘 지지하고 협력하는 편이다. 회사 생활을 잘하고 있다가 네덜란드로 유학하러 가자는 남편의 의견에 나는 더 큰 지지와 응원을 보냈다. 사실 해외 유학이라고 하면 회사의 지원을 받아 주재원으로 가는 사람들도 있지만, 우리는 회사를 그만두고 개인의 학업을 위해 가는 것이었기에 경제적으로 부담이 있었던 것이 사실이다. 그래도 감사한 것은 2018년 3월부터 2022년 6월까지 우리는 진짜 우리 가족만의 온전한 시간을 가질 수 있었다.

결혼하고 아기를 낳으면서 시어머님과 한집에 살았었다. 아이들을 돌보아 주셨기 때문에 감사한 마음도 있었지만, 마음 한편에는 불편한 마음이 있었다. 두 부부가 경제활동을 하느라 일찍 어린이집에 가게 된 아이들에게 미안한 마음도 있고, 퇴근하고 오면 요리해 두시는 시어머님께 고맙고 죄송한 마음이 있었다. 하지만 네덜란드에 있는 동안은 어리숙하지만 진짜 엄마 역할을 할 수 있었다. 결혼한 지 오래되었는데도 요리 하나 제대로 못 했었는데, 아이들을 먹이고 키우면서 나만의 특별 요리가 하나, 둘 생겨났다. 특히 아이들이 어릴 때, 엄마의 손길을 느낄 수 있었음에 감사하다. 타지에서 엄마, 아빠와 행복했던 어린 시절을 보낸 기억이 아이들에게 세상을 살아갈 내면의 힘을 기를 수 있었던 시간이었기를 바란다.

나는 각자 다른 고운 빛깔(彩)을 가진 세 명의 공주님과 함께 살고 있다. 하콩, 두콩, 센콩이라는 예명을 가졌던 아이들은 태어난 계절도, 외모도, 성격도 다른 아이들이다. 외형적으로 아빠를 쏙 빼닮은 첫째 아이는 규율에 엄격한 아빠를 가끔 무서워할 때도 있지만 늘 안기기를 좋아한다. 둘째 아이는 외모는 엄마를 닮고 성격은 아빠를 닮아 군기반장이면서 분위기 메이커이다. 막내 아이는 호기심이 많고, 언니들이 하는 것, 먹는 것 모두 따라 하느라 바쁘다. 가끔 그 아이들을 혼내다가 막내와 눈이 마주치면 피식 웃음이 난다. 그 뒤로는 엉덩이를 흔들고, 달려들어 뽀뽀하고, 혼낼 수 없는 상황을 만들어 버린다. 모두 순수하고 자유로운 아이들이다.

누군가 행복이 무엇이냐고 물었던 적이 있다. 행복한 사람은 자신이 처한 상황에서 감사함을 찾는 사람이고, 불행한 사람은 자신이 처한 상황에 불평하는 사람이다. 같은 상황에서도 내 마음먹기에 달렸다. 행복한 나는 세 공주님의 웃음꽃이 피어나는 가족과 함께 살고 있다.

나를 춤추게 하는 가족 교향곡

내 가족은 말이야

50대 정서인

어린 시절, 과묵한 부모님 아래에서 언니와 단둘이 지냈다. 집안은 늘 절간처럼 조용했다. 부모님은 대화를 별로 하지 않으셨다. 평소 말이 없기로 소문난 아버지에게 동네 어르신들이 자주 찾아오셨다. 아버지가 다른 사람의 말을 잘 들어주어서 그런지 어르신들은 한참 동안 이야기하다가 일어나곤 하셨다.

어머니는 부모님이 일찍 돌아가셨다. 부모 사랑을 충분히 받지 못하고 성장한 어머니는 말이 없고 조용하셨다. 가족들에게 말로 사랑한다고 표현하지 않았을 뿐만 아니라 마음도 표현하지 않으셨다. 부모를 닮은 나 역시 말로 표현을 잘 하지 않았으며, 내성적이고 수줍음이 많은 어른으로 성장했다. 신혼 시절에 친정을 가도 부모님과 이야기를 오래 나누지 못했다. 이상할 정도로 대화 없이 지낼 때가 많았지만, 친정에 머물러 있다는 것만으로도 좋았다.

초등학교 1학년 때 툇마루에서 넘어져 엉덩뼈를 다쳤다. 오랫동안 두 발로 걷지 못했다. 쇠로 된 무거운 보조기를 착용하고 학교에 다녔다. 집에서는 목발이 내 다리를 대신해 주었다. 눈덩이처럼 불어난 병원비를 감당하기 위해 부모님은 논을 팔아서 나의 다리를 고쳐주셨다. 만약 부모님이 경제적 부담 때문에 내 치료를 포기했다면 아마도 두 발로 땅을 딛고 걸어 다니지 못할지도 모른다. 헌신적인 사랑을 베푸신 부모님의 그 큰 사랑을 어떻게 갚을 수 있을까!

남편은 섬세하고 자상하다. 표현에 서툰 나와는 달리 마음을 잘 표현하며 부드러운 심성을 가졌다. 늘 먼저 전화를 걸어온다. 수화기 너머로 정감 있는 목소리가 들린다.

"당신 목소리 듣고 싶어서 전화했어요."

남편은 가족들에게 사랑한다는 말과 함께 스킨십도 잘한다. 오랜만에 아들을 만나면 두 팔을 벌려 꼭 안아주며 다정하게 말한다.

"사랑한다. 아들, 아빠가 기도하고 있으니 힘내!"

남편을 보고 따라 하다 보니 마음 표현과 스킨십이 조금씩 익숙해진다. 성격상 마음을 말로 표현하기보다 글로 표현하는 것이 더 편하다. 하지만, 말로도 내 마음을 표현하려고 애쓴다.

사랑은 내리사랑이란 말이 있듯이 부모님이 나에게 쏟은 깊은 사랑을 이제는 아들들에게 아낌없이 흘려보낸다.

나를 춤추게 하는 가족 교향곡

내 가족은 말이야

50대 김희정

서울에서 대학을 졸업하고 직장을 다니고 있을 때였다. 아버지께서 당신 환갑 전에 모든 자식을 여워야(결혼시킨다는 말) 오래 산다는 말이 있다면서 시골로 내려와 선을 보라고 하셨다. 고향에 내려가 호박다방이라는 곳에서 선을 봤다. 그리고 다시 서울로 올라왔다. 며칠 후 아버지에게서 연락이 왔다. 선 자리를 주선해 놓았다면서 또 내려오라는 것이다. 나는 내려가기가 싫었다. 마침 알고 지내던 분께서 서울에서 선 자리 하나를 주선해 주셨다. 그 핑계로 시골에 내려가지 않았다.

6개월 후 약혼하고 일사천리로 결혼하게 되었다. 허니문 베이비로 아들을 임신하고 출산하였다. 아들은 열이 오르기만 하면 경기를 하는 통에 나는 삐쩍 말라 해골바가지처럼 되어 있었다. 아들을 양육하는 것이 너무나 힘이 들었다. 준비 없이 결혼하고 준비 없이 엄마가 되다 보니 모든 것이 서툴렀다. 그 당시 나는 남편에게 양육을 도와 달라, 가사를 도와 달라 한 마디 요청도 하지 않았다. 다 내 몫이라 여기고 나만이 분주하게 가사와 양육에 서성거렸다.

예쁜 여자 조카들을 보면서 딸을 낳고 싶은 마음이 너무나 컸다. 조카들이 입었던 예쁜 원피스들은 무조건 챙겨다 집에 쌓아두었다. 물론 갓

난아이가 입는 예쁜 원피스들을…

아들이 네 살이던 해에 나는 딸을 낳았는데 간호사의 "딸입니다."라는 말에 온 천하를 얻는 기분이었다. 그리고 오전 한나절을 병원에 머물다 오후에 친정아버지와 함께 집으로 와서 딸을 보는데 이건 완전히 호박 그 자체였다. 나는 아버지에게 "내 딸 아니야."라고 하였다. 나의 그 말에 아버지께서 말씀하시기를 "네가 낳고 간호사가 아기 데리고 가서 씻기고 팔찌 채우고 한 것 다 내가 봤다. 네 딸이다."라고 하시는 것이었다.

나는 딸을 낳으면 연예인처럼 예쁠 것이라 상상하였었다. 왜냐하면, 아들은 낳은 그 순간부터 이목구비가 뚜렷했었다. 그래서 신생아실에 있을 때부터 간호사들의 손을 탔었기에 당연히 딸도 그럴 것이라 여겼었다. 그런데 시간이 지나고 한 달이 두 달이 되고 백일이 되면서 점점 제 모습이 나타났다. 씨도둑은 못 한다더니 내 딸이 맞았다.

그렇게 나는 아들과 딸을 낳아 1남 1녀를 두었다. 이 아들이 결혼하겠다고 이야기를 꺼내면서 좋은 날을 선택해 상견례를 하자고 하였다. 내일이 아들 상견례 하는 날이다.

내가 가정을 이루며 산 세월이 엊그제 같은데 벌써 내 아들이 상견례를 하고 결혼하겠다고 한다. 내 입가에 미소가 머무는 것을 보면서 아들을 축복하여 본다.

"아들아, 사랑해. 그리고 축하한다. 우리 아들."

나를 춤추게 하는 가족 교향곡

내 가족은 말이야

50대 신유정

온순한 성격의 남편은 말수가 적다. 그런 모습에서 친정아버지의 모습이 보일 때 나는 나도 모르게 미소 짓게 된다. 필자의 어린 시절 오뚝이라는 별명으로 불렸다. '넘어지면 다시 일어나고 넘어지면 다시 일어나며 시련이 와도 포기하기보다는 새로운 방법을 찾는다.'라는 의미로 친구들이 붙여준 별명이다.

올해 가장 힘들었던 시간을 보내면서 나의 오뚝이의 긍정적인 일부가 나를 일으켜 세웠다. 남편은 4월 직장에서 근무 중 추락사고로 병원에 실려 갔다. 바로 수술하지 않고 경과를 지켜보고 수술하자는 의사의 말에 기다릴 수밖에 없었다. 남편은 외상성 뇌출혈로 수술하고 중환자실에 입원하며 생사를 오가는 사투를 벌였다. 긴 시간이었다. 의식이 깨어나고 집중치료실에 올라와 재활을 받으며 빠른 호전을 보였다. 남편은 평소 운동으로 건강관리를 했던 습관이 회복하는 데 많은 도움이 되었다. 필자는 눈물을 흘리면서 남편을 기다리기보다는 기도와 감사로 기다리기로 했다.

가족에게 오려고 열심히 운동했다는 남편의 말에 눈물이 흐른다. 남편은 두 번에 수술을 마치고 재활병원에서 4개월 동안 입원하며 혼자 움직일 정도로 건강이 많이 좋아졌다. 의사 선생님은 뇌수술 환자들은 집에서 가족들이 보살펴 주면 환자가 안정감을 찾아 더 빨리 회복될 수 있다고 퇴원을 권유하여 집에서 통원 치료를 하기로 했다.

의사 선생님 말씀은 "스스로 할 수 있도록 도와주세요." 또는 "새로운 환경을 자주 접할 수 있도록 해주세요." 대중교통을 이용해 재활 치료와 진찰받을 수 있도록 가족분들의 도움이 필요하다고 한다.

나와 큰아들과 둘째 아들은 서로 날짜를 조율한다. 재활병원 가는 방법이 여러 가지가 있다. 버스를 이용하거나. 지하철을 이용하는 방법 두 가지를 남편에게 알려주기로 하면서 큰아들이 먼저 버스를 이용해 병원에 가기로 했다.

남편은 "병원에서 평소 운동을 하던 산책길을 큰아들과 함께 걸었어."라며 행복해하는 모습을 보였다. 다음날은 둘째와 함께 지하철을 타고 병원에 다녀왔다. 남편은 둘째 아들과 병원에서 오면서 둘째 아들이 좋아하는 치킨을 사서 오면서 즐거워한다. 남편에게 두 아들과 함께한 시간이 어땠느냐고 물었을 때 웃으며 "좋지."라고 대답한다. 남편은 기분이 좋은 것 같다. 두 아들과의 둘만의 시간이 남편에게는 감회가 다르게 전달된 것 같다. 필자와 두 아들이 마음과 시간을 내어 남편과 즐거운 추억을 만드는 중이다.

착하고 온화한 남편에게 아픔이 찾아와서 힘들었지만 두 아들과 우리 가족은 여전히 서로 위로가 되어 주고 희망이 되어 준다.

나를 춤추게 하는 가족 교향곡

내 가족은 말이야

40대 권정란

'난 아빠처럼 무뚝뚝한 남자는 싫어! 다정한 남자를 만날 거야!'

내가 남자를 볼 때, 항상 하던 생각이었다. 그래서 지금의 남편을 선택했다.

우리 아빠는 오리지널 경상도 남자다. 말씀도 없으시고, 감정 표현도 잘 안 하신다. 큰소리로 웃는 모습을 본 적이 없는 것 같다. 그렇기에 당연히 칭찬을 별로 들어본 적이 없었다. 그렇다고 야단을 치시는 법도 없었다. 학교에서 상을 받아와도 그냥 다들 그렇게 하는 것처럼 당연하다고 여기셨다. 그래서 은연중에 나는 무뚝뚝한 남자가 아닌 다정하고 표현을 많이 해주는 남자를 바랐다. 그게 바로 지금 나의 남편이다.

남편은 표현이 정말 많고 다정하다. 농담도 잘하고 장난기가 많다. 아이들에게도 너무 좋은 아빠다. 남편으로서 아빠로서는 정말 더할 나위 없다고 생각된다. 연애할 때도 지금도 한결같이 밥 먹을 때 생선 가시도 발라주고 맛있는 반찬을 밥 위에 얹어준다. 맛있는 것은 항상 내 입에 먼저 넣어주는 정말 다정한 남편이다. 아이들에게도 사랑한다는 표현과 스킨십을 많이 해준다. 아이를 잘 이해해주려고 노력하고 큰 소리로 야단치는 법이 없이 조곤조곤 설명해준다.

그런 남편이지만 자유로운 영혼인 나에게는 혼자만의 시간이 없는 부분이 조금 답답했다. 하지만 18년을 넘게 살아오다 보니 서로 적응하기도 했고, 이해하게 되었다.

'넌 누굴 닮아서 그렇게 고집이 세니?'

나를 너무도 닮은 딸이다. 딸을 보면서 생각했다. 어릴 때 엄마가 '너같은 딸 낳아서 키워봐.'라고 했던 말이 칭찬이 아니었다는 사실을 이제야 알았다.

나를 닮아 좋은 점도 많다. 성향이 비슷해서 좋아하는 게 비슷하고, 긍정 회로를 잘 돌리다 보니 모든 상황을 긍정적으로 받아들이고 잘 적응하는 편이다. 비록 항암치료를 하고 있어서 본인 하고 싶은 일들을 다 못해내고 있지만 이런 상황에서도 즐겁게 지내주어 고맙다.

'우리 집의 중재자'

평화주의자 아들은 듬직하다. 아들은 아빠와 다르게 말이 별로 없다. 사춘기라서 그럴지도 모르지만 말이다. 아들도 아빠처럼 애정 표현을 잘하는 편이다.

누나가 아파서 항암치료를 해야 할 때도 모든 가족의 마음이 누나를 향해 있을 때도 묵묵히 잘 견뎌 주었다. 아들이 어릴 때부터 누나가 아팠기 때문에 신체의 성장보다 마음의 성장이 더 빨리 된 것 같다. 그러다 보니 어릴 때부터 혼자 해내야 하는 일들이 많았다. 그래서 더 마음이 아프기도 하고 미안하기도 하고 고맙기도 하다.

우리 가족은 늘 '우리 가족은 너무 행복하다'라고 이야기한다. 현재 행복할 수 있도록 서로 노력 중이라는 것을 말은 하지 않지만 다 안다. 가족은 그런 것 같다. 힘들다고 말하지 않아도 서로 알아주는 것. 마음으로 보듬어 주는 것. 그게 지금 내 가족이다.

내 가족은 말이야

50대 이은주

우리 아버지는 법 없이도 사는 사람이라는 말을 많이 들었다. 그만큼 사람이 좋다는 말이다. 그런데 한가지 가슴 아픈 모습이 있었다. 아버지는 술을 드시면 전혀 다른 사람이 되셨다. 술을 드신 아버지 목소리가 들리면 우리는 피신해야만 했다. 집 뒤로 숨거나 이웃집으로 가기도 했다. 아버지의 이런 모습을 견디기 힘들었던 엄마는 우리를 데리고 아버지가 모르는 다른 곳으로 피해 1년간 살았다. 엄마는 남의 사과밭에서 품삯을 받으며 일하셨다. 나는 동생들 돌보고 있다가 엄마가 올 때쯤이면 저녁밥을 준비했다. 쌀이 없어서 허구한 날 밀가루로 수제비를 해 먹었다. 그 당시 셋째 남동생이 갓난아기였다. 엄마가 제대로 먹은 것이 없으니 젖이 나올 리가 없었다. 남동생에게 밀가루 풀죽을 끓여서 먹이며 키워야 했다.

아버지는 여러 사람에게 수소문한 끝에 우리를 찾아오셨다. 엄마에게 다시는 안 그러겠다고 약속했고 우린 아버지와 함께 다시 살게 되었다. 그러나 아버지의 삶에는 변화가 없었다. 부모님은 논밭이 없는 고향에서 살기 힘들다고 포항 송도해수욕장 근처 솔밭으로 이사를 했다. 남의 집에 조금 살다가 모래밭에 임시로 판잣집을 짓고 살았다. 포항에서의 삶은 기억하고 싶지도 않다. 아버지가 달라지지 않으니 우리 집 형편은 늘

나를 춤추게 하는 가족 교향곡

제자리걸음이었다. 엄마는 자식을 위해 살아보겠다고 죽도시장에서 억척같이 일하셨다.

시간이 흐른 뒤 뒤늦게나마 아버지는 이전과는 다르게 잘살아 보겠다고 변화를 다짐하셨다. 가장으로써의 책임을 지고 싶다고 하셨다. 5학년 2학기 때 배를 타고 싶다는 아버지를 위해 강구로 이사를 했다. 이사 간 학교에서 나는 선생님께 잘 보이고 싶어 숙제도 잘해가고 생활도 바르게 했다. 그래서인지 칭찬도 많이 들으며 성장했다. 지금 생각해보면 그때가 가장 행복했던 순간이었던 것 같다.

우리 가족은 다시 포항으로 이사를 하고 얼마 지나지 않아 아버지는 혈압으로 쓰러지셨다. 결국, 중환자실에 입원하셨다. 그런데 아버지가 환자복 입은 상태로 병원을 탈출해서 집으로 돌아오셨다. 아버지는 끝내 다시 병원에 가지 못하고 집에서 생을 마감하셨다. 아버지가 병원을 탈출한 이유를 내가 어른이 되어서 알게 되었다. 아버지는 엄마가 병원비를 충당할 수 없다고 판단하셨기 때문이었다는 것을….

이런 아픔이 있었던 내 가족이기에 지금 내 가족을 더 사랑하게 되었다. 우리 아이들의 아버지인 나의 남편이 아이들에게 좋은 아빠가 될 수 있도록 도와주고 있다. 그래서인지 아이들은 아빠를 참 좋아하고 사랑한다. 나도 아이들과 무슨 이야기든 마음 편하게 얘기할 수 있는 엄마로 사는 것이 기쁘고, 감사하다. 아픔이 없을 수는 없겠지만 아픔이 있더라도 서로에게 상처에 바르는 연고처럼 치료제가 되어 주는 가족이 되는 것이 나의 바람이다.

40대 장희선

시간과 공간의 인위적인(?) 짜임 속에 그녀와의 만남은 시작됐다.

집 문제로 힘들어하고 있던 나에게 그녀는 유일한 안식처가 돼 주었고 그녀와 있으면 나는 집채만 한 근심을 내려놓고 그녀와 소꿉장난하며 현실의 어려움을 잊었다. 자그마한 그녀의 가슴은 우주보다 넓었고 허물투성이인 나를 받아주는 유일한 사람이었다. 그녀를 보면 그래도 살아야겠다는 마음이 들었고, 그 자그마한 가슴으로 나눠주는 사랑이 내게 양식이 되었다. 4살 내 조카 지우의 이야기이다.

2년 전에 시로 쓴 글이다.

그녀는 지금도 나에게 햇살 같은 미소를 휘날리며
이모에게 숨바꼭질해줄 것을 강요하는 어린아이이다.

손위 언니와는 먹을 것 문제로 항상 티격태격하며 눈물을 매달고 산다.
일주일에 하루나 이틀 큰이모인 내가 그 집을 방문하는 날이면
언니보다 더 많은 과자를 소유한 날이 되고

언니의 시기 어린 눈빛을 받아내야 하는 날이 된다.

그녀의 눈물은 내게 더할 수 없는 안쓰러움을 선사하여
모든 것에도 불구하고 내가 그녀 편이 되게 하는 힘이 있다.

이 사랑스러운 천사는 "이모 사랑해", "할머니 사랑해"를 연발하며
할아버지에게는 "뭐 도와 드릴까요?"라며 애교 섞인 멘트를 날리는 귀
염둥이이다.
어린 나이임에도 할머니 할아버지 팬들이 많아 밖에 나가면
여러 곳에 인사를 주고받느라 바쁜 동네 스타이다.

그 어려운 시기 이 아이의 존재가 없었으면 나는 어떠했을까.
이 작은 천사의 존재는 내가 가장 어려울 때, 나를 웃게 만드는 효력이
있었다.

"지금은 6살이 된 조카 지우야 이모가 많이 사랑한다."

50대 홍현정

친정아버지는 부지런하시다. 아버지는 새벽 4시면 출근하셨다. 사업하는 아버지가 나가시고 엄마는 새벽예배를 가신다. 교회 가기 전 우리에게 오셔서 머리에 손 얹고 축복기도를 해주셨다. 엄마의 기도를 들으며 아버지의 부지런함을 보며 자랐다. 아버지는 자수성가 한 분이다.

자수성가하신 아버지는 잘 웃는 분이지만 자녀들에게 굉장히 엄격했다. 당신의 기준에 안 맞으면 무섭게 야단을 치셨다. 눈을 크게 뜨고 엄한 표정으로 야단치는 아버지의 모습은 마치 시커멓게 먹구름 낀 하늘에서 우르르 쾅! 우르르 쾅! 쾅! 번쩍번쩍하며 천둥 번개가 치는 모습 같았다. 아버지의 무서운 표정을 경험하고 싶지 않아서 해야 할 일들이나 아버지가 하라고 지시한 것은 얼른 해놓았다. 문제는 동생들이 안 하면 모두 다 같이 야단을 맞았다. 사교성 좋은 여동생은 초등학생 때 밖에 나가서 노는 걸 좋아했다. 시간 가는 줄 모르고 놀다가 늦게 들어오면 영락없이 같이 야단을 맞았다. 그럴 때마다 나는 억울했다.

중학교 때 어느 날 다 같이 야단을 맞고 마음이 상해 거실에 누워 천장을 바라보는데 거실 한쪽에 있는 큰 책장 위에 빼꼼하게 나온 쥐약 봉투가 나의 시선을 사로잡았다. 매달 1일 쥐 잡는 날에 놓으라고 동네 반장이 갖다준 것이다. 아이들 손 닿지 않게 아버지가 높은 책장 위에 올려놓았다.

'저 쥐약 먹고 죽을까?'

'아버지가 많이 슬퍼하시겠지?'

'잘못 없는 나를 같이 야단친 걸 많이 후회하시겠지?'

상상하며 거실 마루에 누워 있었다. 쥐약 먹고 죽을 생각을 하니 눈에서 눈물이 흘렀다.

태어나서 기껏 중학생 때 죽다니 너무 슬펐다. 이내 '자살은 살인하는 거라고 성경에 나와 있어.', '나는 살인자가 될 수 없어.', '엄마가 많이 슬퍼하실 거야.'라며 마음을 돌이켰지만, 가끔 맞는 야단은 늘 억울했다. 충동적 자살 생각은 지금도 웃음이 나오는 사춘기쯤 나의 가장 큰 심리적 반항이었다.

아버지는 퇴근할 때 손에 먹을 것을 잘 사 들고 오신다. 특히 센베이를 잘 사 오셨다. 간식거리가 흔하지 않았기에 김 가루가 박혀 있는 세모난 모양의 과자, 생강가루가 묻혀있는 동그랗게 말린 과자를 좋아했다. 오늘은 어떤 것을 사 오실까? 아버지가 퇴근하기를 기다려지는 날도 있었다. 야단맞을 일이 있는 날에는 아버지가 퇴근하지 않으셨으면 좋겠다는 생각도 했다.

반면에 엄마는 달랐다. 성경 속 인물을 얘기하시며 인격적으로 대해주셨다. 한 살 위인 오빠가 있지만 내가 엄마의 큰딸로 태어나줘서 고맙다고 하셨다. 엄마는 자녀를 위해 기도를 많이 하셨다. 엄마를 보면서 나도 커서 자녀들을 위해 늘 기도하는 엄마가 되고 싶다는 생각을 여러 번 했다. 기도를 들으면 든든했다. 좋은 사람으로 세상에 빛 같은 존재가 되고 싶은 마음이 들었다. 엄마는 한 번 정한 것은 꿋꿋하게 밀고 나가는 성격이다. 주변에서는 내가 엄마를 많이 닮았다고 한다. 싫지 않다. "엄마 딸로 태어나서 고맙다."라는 말에 더 좋은 사람이 되고 싶은 마음을 심어 주셨다.

나를 춤추게 하는 가족 교향곡

내 가족은 말이야

60대 유유정

　우리 집에서 나는 맏이로 태어나 부모님의 혜택은 제일 조금 받고 살아왔다고 생각한다. 줄줄이 있는 동생들을 돌보며 살았고 학교에 다녔다. 동생들은 고학력으로 살아가고 있었지만, 그렇지 않은 나는 삶이 참으로 자존심 상하고 주눅 들게 했다. 어디를 가더라도 자신감이 없었고 숨어 지내는 사람처럼 슬슬 피하는 나였다.

　그러던 내가 지금은 어엿한 시니어 강사로 살아가고 있다. 말만 들어도 멋지지 않은가?

　나는 참 상상을 잘하는 여인이었다. 어느 때는 아주 슬픈 여인으로 상상을 하고 혼자 연기도 하며 슬퍼하기도 웃기도 한다. 주책이라는 단어를 쓰면서 가끔 혼자 웃었다. 그것뿐인가? 길을 가다 공장이나 주식회사를 지나다 보면 나도 이런 제조업 회사나 공장을 운영해보고 싶은 생각이 불뚝 들 때도 있었다. 혼자 또 소설을 쓴다. 만약 내가 공장 사장이 된다면 어떻게 될까? 또 궁금해진다.

　그렇게 막연하게 살림하면서 아이들을 키우면서 젊은 시절을 보냈다. 나의 젊은 시절은 우울했고, 아팠고, 슬펐던 기억이 많이 남는다. 남편도 나를 이해 못 해주고 나 역시 남편을 이해 못 하며 서로 이해의 폭이 전혀 없이 살아왔다. 십수 년이란 세월을 그렇게 흘려보내며 불행하지 않게 살아도 되는 삶을 세상에서 제일 불행한 사람처럼 살아왔다.

우리 가족은 참으로 무뚝뚝하다. 남들한테는 그렇지 않은데 가족끼리는 퉁명스럽게 서로에게 대한다. 나는 퉁명스럽고 무뚝뚝한 환경에서 벗어나게 된 것에 감사함을 갖는다. 엄마인 내가 퉁명스러우니 아이들도 얼마나 퉁명스러운지 아빠인 남편은 깡통 깨지는 소리로 말을 한다. 딸만 둘인 나는 애교가 없다. 아이들이 애교가 없는 것은 어쩌면 당연한 결과이다. 아이들이 친구들과 있을 때 애교스럽게 소통하는 것을 보면서 안도의 숨을 쉬기도 한다.

그러던 나도 이제는 변했다. 어떻게 변할 수 있었냐고 묻는다면 그것도 역시 공부의 효과였다고 말하고 싶다. 공부하니 다른 사람의 마음을 이해할 수 있는 능력이 생기게 되었다. 책을 많이 읽고 그 책에서 다른 사람들이 살아가는 모습 언어 방법 등을 알게 되니 자연적으로 나도 변하는 모습을 느끼게 되었다. 내가 바뀌니 남편도 서서히 바뀌어 가고 있음을 알게 되었다. 신기한 일이었다.

지금 생각하니 살짝 입가에 미소가 주어진다. 조금만 서로를 이해하고 존중해준다면 그렇게 우울하게 살지 않아도 되었을 텐데 말이다. 그렇게 어렵고 힘들게 어깨에 일 톤짜리 무게를 쓸데없이 짊어지고 살았구나, 하며 책과 공부를 친구삼아 살아온 내가 기특하다고 칭찬을 아끼고 싶지 않다. 성장한 내가 자랑스럽고 아이들에게도 당당하고 떳떳한 엄마

　　　　　　　　　　　　　나를 춤추게 하는 가족 교향곡

가 되어서 좋았다. 아이들의 마음을 이해하고 존중할 수 있어 행복하다. 소중하고 사랑스러운 가족으로 탈바꿈하게 되어 너무너무 감사한 우리 가족이다.

그 사이에 가족 수도 늘고 눈에 넣어도 아프지 않다는 보석 같은 손자 손녀도 얻었다. 얼마나 예쁘던지 지금도 아침에 도착하면 1학년인데도 매미같이 찰싹 달라붙어 떨어지지를 않으려 한다. 나의 일도 늘어가고 노후에도 지금 하는 일을 충분히 할 수 있도록 건강을 잘 챙기는 나로 거듭나기로 약속을 해보며 이 글을 쓴다.

제 1 장 스며든 기억

오감은 안다

세상에서 가장 아름답고 소중한 것은 보이거나 만져지지 않는다.

단지 가슴으로만 느낄 수 있다.

-헬렌 켈러-

오감은 안다

40대 강은혜

나의 어린 시절을 떠올리면 여러 가지 감정과 감각, 그리고 기억들이 다양한 색채가 되어 떠오른다. 가장 행복했던 기억은 세상에서 제일 사랑하는 우리 외할머니의 미소 그리고 나를 부르시던 그 인자한 음성이다.

우리 집은 2층, 외할머니는 3층에 살았다. 외할머니는 내가 좋아하는 음식을 하시면 (인자한 우리 외할머니 음성치고는) 큰 소리로 나를 부르시곤 했다. "은혜야, 갈치 구워놨다. 밥 먹으러 와라." 그러면 나는 외할머니가 해주신 맛난 음식을 먹으러 계단을 타고 쪼르르 3층으로 올라가곤 했다. 외할머니는 나를 무릎에 앉히시고 뼈가 하나도 없도록 갈치를 발라주시곤 했다. 그리고 나면 외할머니표 사과가 후식으로 나온다. '아마 이제 다시는 그 사과를 먹지 못하겠지.' 믹서기도 귀하던 그 시절 할머니는 어린 손녀딸이 먹기 편하도록 사과를 숟가락으로 긁어 주시곤 했다. 나이가 들어 30대 어느 날 이가 성치 못한 외할머니를 위해 처음이자 마지막으로 사과를 긁어 드리며, '이 힘든 걸 우리 외할머니는 어떻게 매번 하셨을까'하는 생각에 눈시울이 붉어졌던 기억이 난다.

외할머니는 우리 엄마가 2살일 때 서울로 피난을 오셨는데, 시골에 사시던 것처럼 내가 어린 시절에도 '장'을 직접 담가 드셨다. 외할머니 집에 가면 천정에는 메주가 달려있었고 특유의 콤콤한 냄새가 났다. 하지만 나에게 그 냄새는 나쁜 기억이 아니라 외할머니의 미소와 함께 고향과도 같은 그리운 향기이다. 그리고 나는 아직도 기억할 정도의 나이가 들 때까지 외할머니를 안고 외할머니 향기를 맡으며 젖가슴에 파고들었던 것 같다. 지금도 할머니 댁에 계단을 타고 올라가던 기억 그리고 집 대문을 나서면 장판을 깔고 할머니들이 모여 삼삼오오 이야기하던 골목길이 눈에 선하다.

그러나 나의 어린 시절은 늘 그렇게 행복한 기억만으로 채색되어 있지는 않다. 아빠가 술을 많이 드시고 돌아오시는 저녁은 갑작스레 어떤 일이 벌어질지 몰라 긴장으로 가슴이 '두 근 반, 세 근 반' 뛰었던 기억도 있다. 밖에서 큰 소리라도 나는 것 같으면 어린 동생과 함께 방에 들어가 이불을 뒤집어쓰고 울면서 기도했었다. 나의 가장 어린 시절의 기억이 '유리 파편과 아빠의 피 묻은 주먹'이라는 걸 생각해보면 나의 무의식은 나를 살리기 위해 많은 것들을 감추고 있을 듯하다. 정확히 무슨 일이 있었는지는 모른다. 그저 몇 가지 파편 같은 기억들이 남아 나를 괴롭힌다.

지금의 나를 살아있게 해주는 행복한 기억들은 내가 가장 좋아하는 음식들로만 차려진 외할머니의 밥상, 모락모락 김이 나는 밥 그리고 외할머니의 무릎에 앉아 외삼촌들과 함께 식사하던 기억이다. 어린 시절 맛있는 치킨을 먹고 싶을 때면 나는 아빠 대신 외삼촌들에게 전화를 걸곤 했다. 당시 아빠 공장에서 함께 일하던 외삼촌은 내 전화 한 통이면

나를 춤추게 하는 가족 교향곡

냄새도 향긋한 맛있는 치킨을 사 들고 함박웃음을 지으며 퇴근하곤 했다. "은혜야, 삼촌 왔다." 그럼 나는 외삼촌이 반가운 건지 치킨이 반가운 건지 잘 모르겠지만 세상에서 가장 행복한 아이가 되어 있었다.

오감은 안다

30대 이선미

아이가 태어나면서부터 엄마의 모든 감각 세포는 아이를 향해 있다.

산모의 고통을 견디고 태어난 아이의 울음소리를 들었을 때, 내 눈에서 눈물이 주르륵 흘러내렸다. 힘듦, 고통, 불안의 눈물이었다. 엄마의 자궁 문을 열고 세상 밖으로 갓 나온 아기를 분만실에서 속싸개로 싸서 내 가슴에 안겨 주었을 때, 엄마의 심장 소리를 들은 아기의 울음소리가 그쳤다. 다시 한번 내 눈에는 눈물이 주르륵, 이번에는 감사, 안도, 경외의 눈물이었다.

아이의 울음소리를 알아챘다. 배가 고픈 것인지, 기저귀를 갈아달라는 것인지, 수없이 많은 밤 아이의 울음소리에 깨어 모유 수유하고 기저귀를 갈았던 나의 지난날을 생각해보면, 아기 울음소리에 주파수가 맞춰진 엄마의 뇌 연구가 틀린 말이 아니다.

엄마 냄새도 있다. 젖 냄새 때문일까? 시각과 청각이 발달하기 전에도 갓난아기는 귀신같이 냄새로 엄마를 찾아낸다. 언제는 딸아이가 잠을 자러 가기 전에 내가 입고 있던 맨투맨을 줄 수 있는지 물었다. 빨래해서 서랍에 개어 놓은 옷을 꺼내 주며, 엄마 옷이 왜 필요한지 물었다. 그랬

나를 춤추게 하는 가족 교향곡

더니 새 옷이 아니라 엄마가 입고 있는 그 옷을 주라는 것이다. "이 옷은 오늘 종일 입고 있어서 땀 냄새도 나고 설거지하느라 물도 튀어 빨아야 할 것 같은데, 새 옷으로 주면 안 될까?" "아니, 엄마 냄새나는 그 옷이 좋아." 우리 딸에게 필요했던 건 사실 따뜻한 엄마의 품이었으리라 생각된다. 특별히 엄마와 함께 잠들고 싶은 그런 날이 아니었을까?

아이들은 엄마를 엄마의 요리로 기억한다. 같은 반찬이라도 지역에 따라 사용하는 양념 비율에 차이가 있고, 집마다 또 사람마다 손맛이 다르기에 그 맛에 미묘한 차이가 있다. 분명 우리는 적어도 하나 이상의 추억의 음식이 있을 것이다. 배고픈 시절 배부르게 먹었던 식당 이름을 내 이름으로 지어 주신 우리 아빠처럼, 또는 어렸을 때 가장 맛있게 먹었던 김치찌개, 달걀부침, 김을 최고의 반찬으로 뽑는 우리 남편처럼. 어쩌면 나의 딸들은 메추리알보다 싸고 큰 달걀로 만든 '엄마표 간장 달걀'을 자신들의 추억의 음식으로 꼽을지도 모르겠다.

어디를 가든 혹여 넘어질까, 엄마 손을 꼭 잡고 가던 아이의 모습과 보송보송 부드럽고 작은 아이의 손길이 느껴진다. 시간이 어찌나 빠른지 그 작고 부드러운 손은 벌써 내 손의 크기와 별 차이가 없을 만큼 커버렸다. 예전만큼 부드럽거나 보송보송한 느낌은 없어졌지만, 손을 잡고 길을 걸으며 힘내라고 응원하기도 하고, 슬플 때 위로하기도 하고, 또 가끔 손을 꽉 잡아서 혼을 내기도 한다. 그 맞잡은 손에 우리는 서로의 마음을 안다.

친정엄마의 손을 잡았던 때가 언제였지?

오감은 안다

50대 정서인

어촌 마을 시골에서 살 때의 일이다. 수도시설이 없어서 큰 통을 장독 근처에 두고 빗물을 받아 허드렛물로 사용했다. 세수하고, 걸레 빨고, 아버지 등목에도 사용했다. 해가 질 무렵 들에 나간 아버지가 집으로 돌아오셨다.

"아버지, 등목해드릴까요?"

"좋지."

바가지로 물을 떠 땀방울이 맺힌 아버지의 등에 수르르 부었다.

"어이구! 시원하다."

평소 잘 웃지 않는 아버지가 환하게 웃으셨다.

빨래는 빨래터가 있는 동네 개울가로 가서 했다. 반들반들한 판판한 돌을 빨래판 삼아 빨래를 손으로 빡빡 문질렀다. 손목의 힘을 이용해 빨래를 꽉 비틀어 짰다. 있는 힘을 다해 옷을 툭툭 털어 마당 한가운데 있는 빨랫줄에 널었다. 시원한 바람과 뜨거운 햇볕에 뽀송뽀송 마른빨래를 개며 행복해했다.

먹는 물은 우물가에 가서 양동이로 길어와야 했다. 두레박으로 양철 양동이에 물이 찰랑거릴 정도로 담았다. 똬리를 틀어 머리에 이고 집으

나를 춤추게 하는 가족 교향곡

로 오면서 두 손을 놓고 걸어도 물 한 방울 흘리지 않았다. 부엌 찬장 아래 박아 둔 큰 항아리에 몇 번씩 물을 퍼 와서 부었다. 물이 가득 찬 모습을 보고 부자가 된 듯 기뻐했다.

더운 여름에는 시원한 물을 얻기 위해 샘으로 갔다. 택시 승강장에 줄지어 선 택시처럼 어김없이 크고 작은 주전자가 차례로 줄지어있다. 깨끗한 물을 뜨기 위해 바가지를 아기처럼 다루었다. 주전자에 물을 한가득 담아 설레는 마음으로 집에 와서 가족과 함께 나누어 먹는 샘물은 꿀맛이었다.

우리 가족은 식혜를 모두 좋아한다. 매년 명절이 돌아오면 어머니는 식혜를 만들어 놓고 우리를 기다리셨다. 냉장고에서 식혜를 꺼내 마시면 갈증이 싹 사라졌다. 어머니가 암 진단받은 후 어머니 표 식혜를 한동안 먹지 못했다. 가게에 파는 식혜를 사 먹어 보지만 헛수고였다. 아이들이 외할머니표 식혜가 먹고 싶다고 했다. 나 역시 어머니가 만들어 준 식혜가 그리웠다. 시어머니에게 식혜 만드는 방법을 배웠다. 어느 날, 내가 처음 만들어 준 식혜를 마시며 아들이 말했다.

"엄마, 외할머니가 만들어주신 그 식혜랑 맛이 똑같아요. 이제 외할머니표 식혜 안 찾을게요. 외할머니표와 똑같은 엄마표 식혜가 탄생했으니까요."

이제는 식혜를 제법 맛깔스럽게 잘 만들어낸다. 명절이 돌아오면 식혜를 정성껏 만든다. 대전에 사는 둘째 아들은 밑반찬은 가지고 가기 싫다고 하면서 식혜는 달라고 한다. 어머니가 자식 사랑, 사위 사랑, 손자 사랑을 식혜에 가득 담아 정성껏 만드셨듯이, 이제는 내가 사랑하는 가족들을 위해 수고를 마다하지 않고 즐거운 마음으로 식혜를 만들어낸다.

오감은 안다

50대 김희정

나는 예닐곱 살이던 해 광주로 이사 간 지 며칠 되지 않아 길을 잃어버렸다. 시골에서 살다가 할머니, 오빠와 함께 상경하게 된 지 며칠 되지 않아서였다. 일주일을 아들만 셋 있는 집에서 딸 노릇 하며 지내다 옆집 아저씨에 의하여 파출소로 가게 되었다. 그곳에서 애타게 막내딸을 찾으시던 아버지에게 인계되었다.

어렴풋이 기억이 난다. 길을 잃어버리게 된 경위. 어둑어둑해지는 해 질 무렵 덴뿌라(튀김) 장사 아주머니의 옷자락을 잡았던 어린 꼬마 여자아이. 아주머니가 포장마차 접은 리어카를 끌고 그런 나를 데리고 집으로 데려가는 상황. 파란색 상·하복을 입고 있던 아주머니의 큰아들이 의자를 들더니 내게 내리치려 해서 겁먹고 있던 나. 아주머니가 말려서 의자를 내려놓던 중학생 오빠. 그런 후 아주머니는 아저씨가 있는 골방으로 날 데리고 가서는 길 잃은 아이를 데려왔다며 말하던 그 모습. 시커먼 아저씨들이 담배를 꼬라물고 노름하던 뿌옇던 방 안 모습. 그때 아주머니의 남편인 아저씨가 화투패를 돌리면서 "우리 집에 딸 없는데 잘됐네. 우리 집 딸 하면 되겠네."라고 하시던 그 말씀이 생생히 기억이 난다.

나중에 들은 이야기에 의하면, 엄마는 장에 다녀오시다 막내딸 잃어버렸다는 소식을 듣고 "우리 집 딸 많은데, 하나 없어도 괜찮지 뭐."였다고 한다. 그 당시 아버지는 읍사무소에 다니셨는데 한 달 월급을 찌라시(그 당시 한 장짜리 홍보지를 찌라시라 함)를 뿌리는 데 사용하셨다고 하였다. 광주 시내 파출소에서는 여자 꼬마 아이의 인상착의에 대하여 여러 차례 방송하였고 일주일 머물던 집의 옆집 아저씨에 의하여 가족 품으로 돌아가게 된 것이다.

그래서였을까?

남편이 해외 출장을 간다고 하면 엄마 선물 대신 아버지에게 선물 할 목록을 적어주고 사 올 수 있도록 하였다. 벨트, 손수건, 전기면도기 등. 아버지는 그때마다 어린아이처럼 너무나 좋아하셨다. 아버지가 칠순을 맞이하던 해 나는 결혼 10주년을 맞이하였다. 엄마와는 다르게 아버지는 비행기를 한 번도 타보지 못하셨고, 제주도 역시 한 번도 다녀오신 적이 없었다. 그때 엄마는 할머니를 돌봐 드려야 했기에 우리 가족은 아버지 칠순 여행 겸, 우리 부부 결혼 10주년 기념으로 아버지만 모시고 3박 4일 제주도 여행을 떠났다. 여행에서 돌아오자마자 아버지는 뇌경색으로 병원에 입원하셨다. 퇴원 후 우리 집에서 약 한 달가량 머물러계시다 시골로 내려가셨다. 그리고 얼마 지나지 않아 우리 곁을 떠나가셨다.

내가 길을 잃고 남의 집 살이 할 때 나를 포기하지 않으셨던 아버지의 깊은 사랑을 나의 오감과 내 세포 하나하나는 기억하고 있었다. 나도 모르는 그것을 나의 무의식은 알고 있었다. 그래서였을 것이다. 아버지 살아생전에 엄마보다 항상 아버지가 먼저였고 엄마 선물은 마련하지 않아도 아버지 선물은 챙겼었다. 옛말에 '딸 낳으면, 비행기 탄다.'라는 말이 있었는데, 아버지는 그렇게 칠십 평생 비행기 한 번 딱 타보시고 가셨다.

"아버지, 저를 포기하지 않고 찾아주셔서 감사합니다."

나를 춤추게 하는 가족 교향곡

오감은 안다

50대 신유정

가을 들녘은 노랗게 물든 들판과 곳곳에 울긋불긋 피어있는 단풍잎에 비추는 햇살은 내 마음을 친정엄마와의 추억을 떠올리게 한다.

천을 깔고 들깨를 먼저 두드려 빼준다. 다음은 참깨 털기 엄마는 참깨가 귀하니 조심하라 말씀해 주신다. 나는 톡톡톡 두드리면 우수수 떨어지는 모습에 신이 난다. 어느새 참깨, 들깨 털기가 끝이 난다. 깨는 고소하다. 우리 가족처럼.

유난히 깻잎을 좋아하는 아들을 위해 우리 가족은 깻잎 요리를 하기 위해 분주하다. 솜씨가 좋으신 엄마는 깻잎을 이용한 다양한 음식을 많이 하셨다. 깻잎 말이, 부침개, 깻잎 쌈밥 등 뚝딱뚝딱하면 음식이 금방 나온다. 어렸을 때는 참 신기했다. 엄마는 요술쟁이인가 생각했던 때도 있었다.

비가 오는 날이면 어머님께서는 뒤뜰에 심어놓은 채소를 가지러 빗속을 뚫고 나가셨다. 애호박, 깻잎, 쪽파 등을 가지고 와서 호박전, 깻잎전, 김치전 등을 골고루 하신다. 기름 냄새에 집 앞을 지나가시는 이웃집 어른들께서 하나둘 집 안으로 들어오시면 엄마는 부침개를 부치기 시작한다. 빗소리와 부침개를 기름에 부치는 소리에 군침이 돈다. 부침개를 부치는 속도보다 드시는 속도가 빠르다. 엄마와 나는 바쁘게 움직인다. 맛있게 드시는 아버지와 이웃 어른들의 모습을 보면서 엄마와 나는 손놀림을 빠르게 움직인다.

우리 집에 세를 사는 할머니께서는 비가 오면 경상도식 팥칼국수를 가지고 오신다. 부침개와 팥칼국수, 금방 만든 겉절이까지 보고만 있어도 군침이 돈다. 싱싱한 재료로 만든 음식은 아삭아삭 소리와 함께 온몸을 깨운다.

이제는 친정엄마의 음식을 먹을 수 없어 슬프다. 친정오빠들은 엄마의 음식을 먹고 싶을 때면 나에게 음식을 해달라고 부탁한다. 비록, 엄마의 음식 솜씨를 따라갈 수는 없지만, 조금 흉내를 낼 수 있는 건 엄마의 딸이기 때문일 것이다.

엄마표 깻잎장아찌는 특별하다. 소금에 깻잎을 재워서 건져낸 다음 꼭 짜서 놓고 양념을 골고루 넣고 끓인 양념을 한 장 놓고 밤을 채 썰고 참깨를 뿌려 잎 하나하나에 양념을 올려놓는다.

음식은 정성이라고 하신 친정엄마의 말씀에서 내 가족이 먹는 음식은 신선한 재료 준비부터 항상 건강한 먹거리를 생각해야 한다고 하신 말씀은 나에게 음식을 바라보는 시각을 바꾸어 주었던 계기가 되었다.

엄마! 엄마의 손맛이 들어가는 밥상이 그립습니다.

오감은 안다

40대 권정란

아빠를 맞이하러 김포공항으로 향한다. 아빠가 서울에 있는 병원에 진료를 오시는 날이다. 아빠는 오른쪽 귀가 잘 들리지 않으신다. 아빠의 병원을 함께 다니기 이전에는 그냥 불편하다고만 생각했지 얼마나 힘들었을지 가늠하지 못했다.

아빠는 목소리가 참 크셨다. 큰 목소리가 가끔 호통으로 들릴 때가 있었고, 그냥 하는 말인데도 화난 것처럼 들려서 많은 사람 있는 곳에서는 가끔 민망하기도 했다.

전형적인 경상도 남자로 무뚝뚝한 성격에 말씀도 잘 없으신데, 그조차도 큰 소리로 말씀하시는 게 이해가 되지 않았다.

'조곤조곤 말씀해도 될 것을 저렇게 크게 이야기하실까?'

'좋게 이야기해도 될 것을 왜 화내실까?' 싶었다.

이제야 알았다.

아빠가 목소리가 클 수밖에 없었던 것을….

아빠가 말씀이 별로 없었던 이유를….

아빠의 현재 상태는 양쪽 귀를 사용하는 사람보다 왼쪽 귀가 빨리 노화가 진행되다 보니 보청기를 하고 계시고, 들리지 않는 오른쪽 귀는 장애 진단을 받으셨다.

아빠와 병원 진료를 다니면서 청각 테스트를 하는데, 아주 쉬운 말들도 왼쪽 보청기 없이는 거의 들리지 않으셨다. 일상생활이 불가능한 정도였다.

'아빠를 이렇게 몰랐구나. 얼마나 불편하셨을까? 자존심이 엄청나신 분이신데 그걸 들키지 않으시려고 얼마나 애쓰셨을까?' 마음이 아팠다.

젊은 시절 아빠는 직장 생활했고, 직위를 가지고 계셨지만, 금방 그만두셨다고 했다. 아빠는 직장 생활이 잘 맞지 않으셔서 직장을 그만두시고, 엄마와 함께 장사하셨다.

지금 생각해보면 귀가 불편한 상황에서 조직 생활을 하는 게 힘드셨을 것 같다. 다른 사람에게 귀가 불편하다는 말도 하기 싫으셨고, 되물어 보는 것도 힘드셔서 그랬으리라.

장애 진단도 환갑이 지나서야 받으셨다. 그 마음도 이제야 이해가 된다.

언젠가는 왼쪽 귀도 기능이 약해질 것을 대비해 올해 5월 인공와우 수술받으셨고, 수술하고 나면 심 봉사 눈 뜨듯이 귀가 바로 들릴 거로 생각했다. 그건 우리의 큰 오산이었다. 아빠는 크게 실망하셨다.

오랫동안 듣지 못했던 오른쪽 귀 청신경을 계속 자극해서 들리게 해야 했다. 근육 재활하듯이 말이다. 아빠는 정기적으로 청각 테스트를 받는 힘든 과정 중에 있다.

그 모습을 옆에서 지켜보는 나는 아빠가 힘들게 살아온 날들이 가엽다. 어린 시절 아빠 목소리에 콩닥거리던 심장과 그 목소리에 불만이 많았던 내가 부끄럽다.

"아빠, 이제 또박또박 큰 소리로 제가 말해 드릴게요. 사랑해요. 아빠!"

오감은 안다

50대 이은주

우리 집은 아주 특별한 일이나 기념할 일이 아니면 외식을 잘 하지 않는다. 남편이 집밥을 원하기 때문이다. 내 사정을 모르는 지인들은 내가 요리를 잘해서 그럴 거라 생각한다. 사실 난 요리를 잘하지 못한다. 그런데 우연히 식당을 운영하게 되었다. 손님들에게 음식을 맛있게 만들어 제공하고 싶었다. 가덕도에서 서면까지 요리학원에 다니며 열심히 배웠다. 덕분에 손님들이 음식이 맛있다고 하면서 단골손님들도 많이 생겼다.

지금은 식당을 접고 다른 일을 하며 바쁘게 살아간다. 아이들도 하나, 둘 내 곁을 떠나고 남편과 둘이 지낸다. 가끔은 외식도 하며 재미있게 살고 싶다. 어느 날 피곤한 나머지 저녁 밥상을 차리기가 싫었다. 남편에게 애교를 부리며 말했다.

"자기야, 우리 둘이 데이트할까? 외식하고 집에 들어갈까?"

남편에게서 돌아오는 말은 "집에 가서 먹자. 밥하기 싫으면 라면 끓여먹자."고 한다.

내 마음을 모르는 남편은 오로지 집밥만을 원한다.

'못 먹고 죽은 귀신이 붙었나?' 나는 금세 뾰로통해진다. 입을 삐죽거리며 속으로 중얼거린다. '그냥 한 그릇 먹고 들어가면 될걸' 집에 가서 먹자고 하는 남편이 밉기만 했다.

요즘은 회사 일도 있고, 어린이집에서 조리사, 차량 기사로 바쁘게 지
낸다. 또한 밤늦게까지 요양보호사 공부도 한다. 그러기에 새벽에 별을
보고 집에서 나온다. 들어갈 때도 별 보며 들어간다. 지치고 피곤해서 저
녁 준비하기가 힘들다. 오늘도 남편에게 애교를 떨어본다.

"자기야, 우리 밖에서 한 끼 해결하고 들어가자."

이전과 똑같이 남편은 집에 가서 라면 끓여 먹자고 한다. 마지못해 라
면을 끓여 먹으면서 남편이 조용히 입을 연다.

"나는 밖에서 밥 먹는 거 진짜 싫어. 어쩔 수 없이 밖에서 밥을 먹고 들
어오면 먹은 것 같지 않아, 배가 부르지 않은 느낌이다. 밖에서 밥을 먹
는 날에는 허기가 진다."라고 말했다.

밖에서 밥을 먹는 것이 왜 배가 부르지 않으며 허기가 지는 걸까? 남편
은 어린 시절 어머니께 밥상을 제대로 받아본 적이 없다고 했다.

남편에게 집밥은 채워지지 않는 엄마의 사랑이었고 굶주린 정이란 생
각이 들었다. 집밥으로 엄마의 정도 느끼게 해주며 사랑을 채워주고 싶
다. 외식을 싫어하는 남편을 위해 엄마의 사랑과 정성을 듬뿍 담아 저녁
밥상을 차린다.

오감은 안다

40대 장희선

2016년 11월이었던 걸로 기억한다.

우리 아이가 여섯 살 때였으니 그때 같이 여행 갔던 팀 중에 가장 어린 일본 여행객이었다.

아이는 어린 나이였지만 행복해했고 일본의 이곳저곳을 다니며 식사도 하고 온천도 다니며 딴 나라에서의 꿈같은 시간을 보내게 되었다. 일본의 북해 지역은 러시아와 가까워서 동양적인 느낌보다는 가까운 유럽의 분위기가 났고 오르골 백화점에서 시계와 선물로 오르골을 사며 즐거워했던 기억이 있다.

그리고 삼 년 후 봄에 다시 오키나와로 일본 여행을 다시 가게 되었고 숙소를 못 찾아서 한참을 헤맸다. 한국 여행사에다가 사기 아니냐며 따지기까지 했는데 알고 보니 바로 앞에 두고서도 못 찾아서 하마터면 길거리에서 밤을 보내게 될 아찔했던 기억이 있다. 근처의 일본 식당에 가서 우리가 지금 사기를 당했으니 도와 달라고 했지만, 말이 통하지 않는 까닭에 더 답답할 지경이 되었다. 화내고 분통 터지고 발을 동동 굴렀으나 오키나와에서 우리를 도와줄 가이드가 없는 까닭에 집에도 못 가고 일본 귀신이 되려나 걱정만 할 뿐이었다.

나를 춤추게 하는 가족 교향곡

천신만고 끝에 겨우 숙소를 찾아내고 짐을 풀고 나니 숙소의 분위기가 이상했다. 주변에 민가가 있지만 드문드문했고 외진 곳이라 가로등도 없어 밖은 매우 컴컴했다. 왠지 무서워서 발발 떨면서 날이 밝기만을 기다렸다. 근처 편의점에서 우유와 김밥 등을 사 온 남편은 멀쩡하니, 아무렇지도 않았다. 나만 예민했던 것일까, 지금도 그때 오키나와의 숙소를 생각하면 혼자 오버했나 싶어 웃음도 나오고 나한테 화내지 않고 숙소를 잘 찾아보라던 한국 여행사 직원에게 미안하기도 하다.

그 후 코로나가 와서 일본 여행이든 뭐든 다 막혀 버리는 바람에 몇 년간 아무 데도 가지 못했지만 지금도 일본의 그 장소들 친절했던 사람들이 한 번씩은 생각이 난다.
이제 해외여행이 풀렸으니 한번 다시 가리라 다짐하면서 오늘도 행복한 꿈을 꿔본다.

5살 때 아버지 등에 업혀 오면서 콧노래를 부르면 바람도 시원하고 하늘도 예쁘게 보였다. 어린 시절 열감기를 자주 앓았던 나는 부모님의 애를 태웠다. 열이 높으면 경기를 일으켰다. 열 경기는 몸이 뻣뻣해지고 이내 의식을 잃어버린다. 그날도 열 경기를 일으켜 의식을 잃었다. 급한 아버지가 호흡이 멈춘 딸의 코를 빨아 응급으로 숨을 쉬게 하고 수건으로 몸을 닦아도 좀처럼 열은 내릴 기미가 보이지 않았다.

의식 잃은 딸을 등에 업고 한의원으로 달리면서 젊은 아버지는 어떤 생각을 하셨을까? 이미 열 경기로 돌쟁이 어린 딸을 멀리 보낸 경험이 있는 아버지다. 한의원에서 내 몸 이곳저곳에 침을 놓는데 여전히 의식은 없다. 미동을 안 하자 마지막으로 고개를 갸우뚱하던 한의사는 인중에 대침을 놓았다. 정신을 잃었던 내가 "으앙~" 하며 울음을 터트렸다. 그렇게 살아난 나는 아버지 등에 업혀 오면서 콧노래를 불렀다. 살아났음을 표현했다. 자녀를 낳아 키워보니 부모님의 마음이 헤아려진다.

결혼한 후 첫아이는 태어나서 잠도 잘 자지 않고 감기도 잘 걸렸다. 폐렴 증상으로 기침하며 우는 아기를 어르고 달래며 병원을 향해 가던 중 문득 기억났다. 어린 시절 부모님 애간장을 태웠을 모습들이 떠올랐다.

큰아들을 데리고 한 달에 15일을 병원 다니며 치료받았다. 엄마는 그냥 되는 게 아니라는 걸 알았다. 병약한 나 때문에 마음고생하신 걸 생각하니 부모님께 고마운 마음이 든다. 자녀 넷을 키우다 보니 엄마는 아픈 아이가 있으면 뜬눈으로 밤을 새우며 지켜봤다. 아이가 편안히 자는 걸 확인한 후에 엄마는 쉴 수 있었다.

엄마가 78세였던 어느 가을날 싱크대가 낯설다고 말씀하셨다. 가슴이 쿵! 내려앉았다. 내 시어머니가 치매를 앓다가 돌아가셨기에 엄마의 주방 낯선 얘기에 마음이 무거워졌다. 아침, 저녁으로 통화를 하며 매일 엄마의 일상을 관찰했다. 질문도 해보고 답변도 들어보며 엄마의 변화와 이상함을 점검해 봤다. 혹시나 해 병원에 다녀오시도록 했는데 염려할 만한 증상은 없다고 했다.

엄마의 건강이 염려되었다. 엄마와 매일 통화는 계속되었다. 마음이 오늘은 어땠는지, 오늘도 싱크대가 낯설었는지 물어보았다. 엄마는 그날그날의 기분을 얘기해 주셨다. 입맛이 없다고 하신다. 건강과 식사 관리와 마음 챙김을 하면서도 엄마의 위장 기능 저하와 신체의 노화가 염려되었다. 건강하게 계셔주길 원하지만, 기력이 점점 약해져 갔다.

아버지께 입맛 없는데 신경 써줘 고맙다는 말도 자주 하셨다. 그런 말 잘 안 하시는데 시간이 얼마 안 남은 걸 아신 걸까? 나이 들수록 기억력은 감퇴해도 창조력은 감퇴하지 않는다고 했다. 아버지를 위한 반찬은 잘 만드셨다. 걱정이 많이 되었지만, 노화를 중지시킬 수는 없다. 대신 자주 시간 내어 부모님과 식사도 하고 좋은 시간을 같이하려고 노력했다. 그런 엄마가 몇 개월 후 갑자기 세상을 떠나셨다. 오래전 나를 등에 업고 달리시던 아버지도 엄마를 많이 사랑하는 큰딸인 나도 엄마가 떠나는 길을 멈추지는 못했다.

나를 춤추게 하는 가족 교향곡

오감은 안다

60대 유유정

젊은 시절 우리 집은 고기부페 외식을 자주 했다. 그 시절 우리는 아이들하고 네 식구가 외식하면 불고기 로스구이 등 고기류를 많이 먹은 기억이다. 남편과 아이들은 고기류를 좋아했지만, 나는 고기보다는 채소, 미역국, 김치 등을 좋아한다. 남편은 항상 나에게 못마땅해했다. 고기 먹으러 와서 집에서도 얼마든지 먹을 수 있는 반찬을 먹는다는 것이다.

그것도 맞는 말이지만 내가 항상 좋아하는 음식 먹는데 웬 밥상에서 잔소리하는지, 남편의 말투는 내 기분을 항상 상하게 하는 말투라 밥숟가락을 내려놓고 집으로 가고 싶을 만큼 서운했다. 나를 생각해서 말을 한다고는 하지만 말투로 들으면 미워 죽을 거같이 말을 하는 모습에 상처를 받곤 한다. 셋이서 열심히 맛있게 먹는 모습만 보아도 나는 행복하고 기분이 좋은데 그 순간 찬물을 끼얹는 남편이 순간 나도 미웠다.

외식을 자주 하게 되는 동기는 그 시절 난 아이들을 학교 유치원 보내고 살림하면서 나머지 시간은 부업을 했다. 동네에 작은 가내 공장이나 기업에서 인형 조립을 하면 한 개 하는데 얼마 하면서 하루에 만 원 정도를 벌게 된다. 한 달 하면 이십만 원 정도 부업비를 받게 되면 그날은 내가 쏘는 날이다.

짬짬이 모은 용돈으로 식구들 외식을 시켜 주곤 했다. 지금 생각하니 열심히 살아온 삶을 증명하는 기억이다. 남편은 "부업 하지 않았으면 해. 힘들게 왜 해?"하며 불편한 표현은 했지만, 알바비 받으면 외식으로 향하는 마음들은 아이들도 그렇고 좋아하는 모습이었다.

어느 날 외식 가는 날이었다. 식당 안으로 들어가는 순간 눈이 번쩍 뜨이는 장면을 목격하게 된다. 그녀들이 잊히지 않는다. 내 눈에 보이는 여자들의 멋진 장면이었다. 그 모습은 난 전혀 느껴본 경험이 없던 멋진 젊은 두 여성이 한 상에 소주 한 병과 고기 안주가 있는 정겨운 술자리였다. 너무 멋져 보이고 나도 해보고 싶은 마음이 마구 샘솟는 것을 느꼈다.

하지만 나에게는 그렇게 어울리는 친구도 당시에는 없었고 마음의 여유도 없던 시절 우울한 시기였었다. 꼭 친구도 만들고 술도 한 잔씩 할 수 있는 내가 되고 싶다는 소망을 가지게 되었다.

난 술도 한 잔 못 하는 술맥이었기에 남편은 남들과 같이 술 한 잔 정도는 할 줄 아는 아내이기를 은근히 바라는 모습이었다. 중년이 되면서 술 배워보기로 한다. 일단 쓴맛이 나지 않은 청하를 마셔보며 술을 배워본다. 맥주 배우는 기간이 몇 년은 걸린 듯하다.

지금은 맥주 한 병 정도는 마실 수 있는 실력이 되었다. 차츰 성격도 변화하면서 친구도 사귀게 되고 공부도 하게 되면서 나의 생활은 많은 변화로 마음 부자가 되어 가고 있었다. 그 덕에 내가 원하는 일도 하게

나를 춤추게 하는 가족 교향곡

되고 수입도 얻게 되면서 지금의 내가 있게 되었다.

누군가에게는 별것이 아닐 수 있는 순간이 다른 누군가에게는 소중한 추억이 될 수도 있었다. 나에게 일어난 순간의 작은 씨앗이 성공에 필요한 요소로 큰 변화를 준 것이다. 그 요소로 인해 나에게는 많은 성장을 했고 그 성장으로 인해 윤택한 삶이 주어졌다.

부모님도 어릴 때가 있었다

내가 이미 수천 번도 넘게 말했지만
나는 이 자리에서 한 번 더 말하고 싶다.
세상에서 부모가 되는 일보다 더 중요한 직업은 없다.

-오프라 윈프리-

부모님도 어릴 때가 있었다

40대 강은혜

엄마는 어린 시절 스스로 못난이라고 생각했다고 한다. 동네 친구들은 엄마에게 너는 나중에 아이를 낳으면 "앞짱구 뒤짱구 못난이를 낳을 거야."라고 놀리곤 했다. 사실 요즘 미적 기준으로 보면 앞짱구 뒤짱구면 미인인데 말이다. 뒤짱구를 만들어주려고 한동안 짱구 베개가 유행했던 것만 보아도 알 수 있다. 내가 만약 과거로 돌아갈 수만 있다면 엄마 친구들에게 가서 대신 한마디를 해주고 싶어질 지경이다.

엄마는 의사 선생님이 갓 태어난 핏덩이인 나를 안겨주며 "딸입니다."라고 했을 때 괴물을 낳은 줄 알고 깜짝 놀라셨단다. 나는 절세 미녀도 아니지만 그렇게 못난이도 아니라고 생각하는데 말이다. 괴물이었던 나를 간호사 선생님이 깨끗이 씻기고 배냇저고리까지 입힌 후 데려왔을 때 비로소 뽀얗고 예쁜 아기를 보고 안도의 한숨을 내쉬었다고 한다. 엄마가 딸은 자신과는 다른 인생을 살게 하겠다고 다짐을 한 것은 바로 그때였을 것이다.

우리 아빠는 1950년대에 충청도의 어느 시골 마을에서 4남 2녀의 둘째 아들로 태어났다. 아빠가 태어난 마을은 서해안 바닷가 근처의 일가 친척들이 모여 사는 그런 마을이었다. 그러던 어느 날 아빠는 십 대 초

반에 가족을 일으켜 보겠다는 꿈을 안고 서울로 상경을 하게 된다. 아빠의 회고를 돌이켜 보면 '내 가족을 한번 일으켜 보겠다'라는 생각이 머릿속에 가득하셨던 거 같다. 그러나 이 강한 의지가 엄마, 아빠, 남동생 그리고 나로 이루어진 우리 가족에게는 일면의 비극으로 작용했다. 아빠가 일으키고 싶어 했던 가족은 여전히 서해안 바닷가에 머물러 있었기 때문이다.

언젠가 고모를 통해 들었던 아빠에 대한 기억은 이랬다. 어린 나이에 서울에 상경했던 아빠는 아주 가끔 고향을 방문하곤 했는데 고모의 기억 속 어느 날은 아빠가 오랜만에 고향 집에 돌아온 날이었다. 아빠는 할머니가 김이 모락모락 나는 밥을 한 상 차려 놓고 환대해 주길 기대했지만, 할머니는 집에 계시지 않았다. 아쉬움이 가득한 아빠의 표정을 읽고 고모가 "오빠, 밥 차려 줄게, 조금만 기다려줘"라고 말하자 아빠는 어디론가 훌쩍 나가시더란다. 식사 준비를 마치고 아빠를 찾아 나선 고모는 황금 들판에서 손가락 사이로 곡식을 훑으며 걷고 있는 아빠를 발견했는데, 그 모습이 하염없이 쓸쓸해 보였다고 한다.

내가 학교에 다닐 나이부터 가족의 품을 떠나 일해야만 했던 아빠의 인생은 어땠을까? 아빠의 그 쓸쓸함을 이해하고 받아들이고 싶은 마음과 함께 그렇지만 왜 나에게 더 많은 사랑을 주지 못 했냐고 묻고 싶은 아우성이 동시에 존재한다. '내리사랑'이라는 말이 있다. 나이가 많은 사람이 아랫사람에게 주는 것이 '내리사랑'인 줄 알았지만, 이제는 사랑을 많이 받은 사람이 사랑이 필요한 사람에게 줄 수 있는 것이 바로 '내리사랑'이라는 것을 어렴풋이 알게 되었다.

부모님도 어릴 때가 있었다

30대 이선지

내가 태어났을 때, 엄마는 그때부터 엄마였고, 아빠도 아빠가 처음이었다. 부모님의 어린 시절에 관해서는 이야기로 듣거나 사진으로 볼 뿐 동시대를 살아오지 않았기 때문에 부모님의 삶을 이해하기에는 한계가 있다.

국민학교(지금의 초등학교) 수학여행과 중학교 입학을 선택해야 했던, 가난했던 60년대를 살아온 엄마의 상황을 우리는 겪고 있지 않지만, 내가 엄마가 되어 보니 나의 엄마가 보이기 시작한다. 시어머니와 한평생을 함께 산 그 세월의 노고가 보이고, 거울 속에 보이는 흰머리를 딸에게 뽑아 달라고 하셨던 젊은 엄마가 보인다. 어린 시절 엄마와 아빠는 산처럼 크고 높게만 느껴졌는데, 아이를 낳고 키우며 살다 보니 엄마의 초보 엄마 시절을 다시 생각해보게 된다.

아기를 낳고 시어머님께서 아기를 봐주신다며 신혼집에 오셨다. 불편함이 마음 한구석에 있었지만, 직장 생활을 시작한 지 2년도 채 되지 않았기에 내 경력을 이대로 끝내고 싶지 않았다. 또한, 나의 어린 시절을 되돌아보면 할머니, 할아버지와 함께 살았기에 어르신 분들과 거리낌 없이 편안히 대화를 나누고 예의가 바른 아이였다고 생각되었다. 우리 아이들

제 1 장 스며든 기억

에게도 정서적으로 안정되고, 긍정적인 영향을 미치리라 생각했다.

하지만 결혼해서 새로운 가정을 꾸린 두 남녀가 서로 맞춰가는 것도 쉽지 않고 많은 배려가 필요한데, 시어머니의 존재는 생각보다 크게 느껴졌다. 집안에서 옷을 편히 입기 어렵고, 남편과 큰소리 내어 싸울 수도 없었다. 한편으로는 그게 장점일 수도 있겠다는 생각이 들었다. 집에 어른이 계시니 몸가짐과 옷차림에 신경 쓰고 남편과 싸우는 횟수도 많지 않았기 때문이다. 하지만 나의 불평은 조금씩 커졌다. 살아온 방식도 습관도 다르니, 아주 작고 사소한 말투나 행동들이 마음을 다치게 했다.

나는 시시콜콜 이야기하는 딸이 아니다. 내가 힘들었던 일을 이야기하면 엄마의 마음이 더 아플 것 같고, 또 시집가서 잘살고 있는 모습을 엄마에게 보여주고 싶기 때문이다. 하루는 눈물을 꾹 참고 친정엄마에게 전화했다. 나는 별다른 불평을 토로하지 않고 엄마에게 물었다. "엄마는 할머니와 30년을 넘게 같이 살았는데 안 힘들었어?" 괜스레 나의 상황을 엄마에게 투영한 것이다. "힘들어? 집 앞에 초등학교나 사람들 없는 공터 있지? 가서 소리 한번 지르고 와!" 친정엄마의 대답에 그동안 힘들었지만 다른 사람에게 털어놓지 못하고 삭였을 엄마의 지난 인내의 마음이 보였다.

이제는 많은 것들이 익숙해지고 인정하게 되면서 내 마음도 단단해진 것 같다.

나를 춤추게 하는 가족 교향곡

부모님도 어릴 때가 있었다

50대 정서인

    부모님이 부모가 되기 전에 어떻게 살아오셨는지 궁금했다. 작은아버지에게 안부 전화하면서 아버지 이야기를 여쭈어보려고 했다. 아흔을 넘긴 작은아버지는 조카 목소리 듣는 것도 버거워하셨다. 아버지의 이야기는 꺼내지도 못했다.

    아버지랑 16살 차이 나는 고모를 만났다. 아버지의 모습을 떠올리며 말씀하셨다.

    "할아버지가 면사무소에서 일했는데 네 아버지도 할아버지 닮아서 똑똑했단다. 성격도 차분하고 꼼꼼하셨어. 주로 서기와 회계를 많이 했던 걸로 안다. 네 아버지는 너 알다시피 말이 없는 편이었어. 그러나, 마음 하나는 참 따뜻했단다…."

    아버지는 대바늘로 장갑과 옷을 손수 짜 주셨다. 하지만, 아버지가 직접 짜 준 장갑보다 시장에서 파는 장갑을 끼고 싶었다. 시장에서 산 털이 북슬북슬한 장갑을 끼고 있는 친구를 부러워한 적이 있다. 바닷가에서 태어난 아버지는 주로 뱃일하며 농사까지 지으셨다. 월말에 고기 잡은 것을 결산하셨다. 용돈을 받을 수 있는 유일한 날이기에 온종일 들떠 있었다. 아버지의 필수품인 막걸리 심부름을 하고 나면 동전 몇 푼이 내 손에 들어왔다. 신이 나 팔짝팔짝 뛰면서 좋아했다.

어머니에 관한 이야기는 동생인 이모에게 들을 수 있었다.

"네 엄마는 어려서부터 고생만 했다. 초등학교도 다니지 못했어. 가난해서 다니지 못했다기보다는 여자에게 공부시킬 필요 없다고 외할아버지가 학교에 보내지 않았어. 네 엄마 생각만 하면 가슴이 아파. 우리 엄마가 일찍 돌아가시고 새어머니가 있었지만, 맏이인 네 엄마가 집안 살림을 도맡아 했지. 밥, 빨래는 물론이고 청소, 설거지, 허드렛일까지 하면서 나와 동생을 돌봤지. 엄마 아닌 엄마가 되어 고생을 엄청나게 했다. 엄마가 초등학교 다닐 나이에 외할아버지까지 돌아가셔서 우린 고아가 되었지. 어린 나이에 결혼하여 고된 시집살이 하느라 숨도 제대로 쉬지 못한 언니 생각하면 지금도 속이 시리고 아프네…."

어린 소녀였던 어머니도 부모님의 따뜻한 사랑을 받으며 성장하고 싶었을 나의 어머니. 얼마나 부모 사랑이 고팠을까! 어머니는 언니와 나에게 가끔 이런 말씀하셨다.

"나는 손에 매일 물 묻히며 살았지만, 너희들은 내가 손에 물 안 묻히게 할 거다."

아버지 방법으로 자식을 극진히 사랑했다는 것을 미처 몰랐다. 또한, 자식에게 고생을 대물림하고 싶지 않았던 어머니 마음도 뒤늦게 깨닫는다. 지금이라도 하늘에 계신 부모님께 이렇게 말씀드리고 싶다.

'아버지, 어머니, 한결같은 사랑을 베풀어 주셔서 감사해요. 그리고 철부지인 딸이 너무 늦게 깨달아 죄송해요.'

나를 춤추게 하는 가족 교향곡

부모님도 어릴 때가 있었다

50대 김희정

아버지의 어린 시절에 대하여 들은 바가 없다. 아버지와 마주 앉아 이런 이야기를 두런두런 나눌 수 있었던 환경도 아니었으니 말이다. 대신 엄마의 어린 시절에 대하여 들을 수 있던 기회가 있었다. 우연한 기회에 엄마의 어린 시절 이야기를 듣게 되었는데, 엄마를 참 많이도 이해하게 된 계기가 되었다.

엄마는 여자에 대한 부정적인 이미지를 가지고 있었는데, 여자인 자신부터도 예외는 아닌 듯 보였다. 1남 5녀의 자녀 중 딸들에 대한 정(情)이 없었다. 내가 느끼기엔 그랬다. 아들이었던 오빠에게는 모든 것을 올인하였지만, 딸들에게는 참으로 차가운 엄마였다. 그나마 큰딸이었던 언니에게만은 예외였던 것 같다. 물론 내가 느끼는 부분이기에 다르게 느낄 수 있음을 전제로 한다. 이렇게 딸들에 대한 정(情)이 없음은 딸을 많이 낳아 할머니로부터 시집살이를 받은 영향이라 여겼었다. 그런데 그것이 아니었음을 엄마의 이야기를 들으며 알게 되었다.

엄마는 2남 6녀의 8남매 중 둘째 딸로 태어났다. 어렸을 당시 외조부모님(엄마의 부모님)은 엄마를 조부모(나에게는 외증조 부모님이 된다.)에게 맡기고 도시로 나가셨다고 하였다. 그때 엄마는 왜 자신만 조부모에게 맡기고 언니와 동생은 데리고 가는지 몰랐다고 하였다. 그러던 어느 날 엄마의 부모님이 오셨는데 그때 조부모님께서 엄마의 아버지와 어머니에게(엄마의 조부모님에겐 아들과 며느리) 엄마에 대하여 흉을 보고 도둑으로 몰았다고 하였다. 이런 경험들이 엄마, 그리고 여성에 대한 부정적 이미지를 갖게 만들었던 원인이었다. 이런 이면에 자리 잡은 부정적인 이미지가 자기 딸들에게까지 투사되어 딸들에 대하여 정(情)이 없었던 것이다.

이런 아버지와 엄마가 결혼하게 된 스토리는 요즘으로 말하자면 있을 수 없는 일이었다.

어느 날 할머니와 외할머니가 장에 가시는 길에 만나셨다. 처음 만난 두 분이 이런저런 이야기를 하다가 "나는 장가보낼 아들이 있는데 딸이 있소?", "나도 나이가 찬 둘째 딸이 있소." 해서 결혼하게 되었다고 한다. 너무나 어처구니없는 이야기처럼 들린다. 그런데 그 시대에는 충분히 있을 수 있는 일이니 그렇게도 인연은 있구나 싶다.

엄마의 억울하였던 어린 시절의 경험은 결혼 후에도 이어졌다. 엄마는 내게는 할머니인 시어머니에게 도둑 취급을 받았다고 하였다. 할머니의 모시 적삼을 훔쳐 팔았다는 것이었으나 나중에 모시 적삼이 나와 누명은 벗겨졌다고 하였다. 시집온 지 얼마 되지 않은 어린 신부의 그 억울함은 말로 어찌 표현할 수 있으랴.

"엄마, 귀머거리 3년, 벙어리 3년으로 살아오시고, 살다 가신 당신의 삶을 축복합니다. 그리고 당신을 충분히 이해하였습니다."

나를 춤추게 하는 가족 교향곡

부모님도 어릴 때가 있었다

50대 신유정

엄마! 엄마! 이제는 불러도 대답이 없으시다.

엄마를 부르면 마음이 아프다. 부모님의 어린 시절을 묻고 싶지만, 엄마는 이제 답을 해줄 수 없다. 엄마의 어릴 때 이야기를 듣기 위해 막내이모와 오랜만에 전화 통화를 했다. 엄마와 많이 닮은 막내 이모는 반갑게 전화를 받아준다. 엄마의 어린 시절에 대해 궁금하다고 말씀드리니이모는 엄마의 어린 시절은 잘 생각이 안 난다고 한다.

엄마는 4녀의 둘째 딸로 태어났다. 아들이 없던 외가에서 엄마는 큰이모와 셋째 이모가 객지로 떠나있어 어린 9살 막냇동생과 외할아버지와함께 살았다고 한다. 어릴 때 외할머니가 돌아가시고 깔끔한 성격의 외할아버지를 위해 한복을 매일 뜯어서 말려서 풀 먹고 바느질해서 옷을만들어 주셨다고 한다. 겨울에는 아궁이에 불을 피우기 위해 산에 가서나무를 머리에 지고 내려오다 보면 위태로운 일들도 많았다고 한다.

어렸을 때 엄마는 명랑한 성격으로 부모님 말씀을 잘 들었다고 한다. 외할아버지의 말씀에 한 번도 대구하지 않고 어린 막냇동생을 돌보며 식사와 옷을 지으며 밭으로 산으로 일감을 찾아다니며 살아왔다고한다.

아버지는 8남매의 장남으로 부유한 집안에 장손으로 태어났다. 할머니는 돌아가시고 증조할머니를 모시며 살고 계셨다. 아버지는 어렸을 때부터 똑똑히셨다고 한다.

할아버지가 노름하면서 그 많던 논과 밭이 남의 손에 넘어가는 것을 보며 집안을 일으켜 세워야 한다는 생각으로 서울로 상경을 하며 직장을 다녔다고 한다.

어린 동생들이 엄마 없이 할머니에게 꾸지람을 들으며 사는 모습을 보며 눈시울을 붉힌 적도 있다는 고모의 이야기에 마음 한쪽이 아린다.

엄마는 고향 오빠인 아버지와 19세에 혼인했다. 8남매의 장손에게 시집온 엄마는 증조할머니와 할아버지를 모셔야 했다. 막내 고모가 5살, 작은아버지가 3살 때 시집을 오셨다고 한다. 19살밖에 안 된 엄마는 객지로 떠나서 한 달에 한 번 정도 집에 오는 아버지 집에서 증조할머니, 시아버님, 7남매의 어린 시동생들을 보살피기 바쁘셨다고 한다.

엄마와 막내 작은아버지와 막내 고모 사이는 특별하다. 3살 때부터 키운 막내 작은아버지는 50이 넘은 나이에도 엄마에게 어리광을 부리는 모습을 보인다. 막내 작은아버지의 갑작스러운 비보에 엄마는 자식을 잃어버린 것처럼 오열하며 쓰러지셔서 한동안 깨어나지 못하셨다.

어렸을 때 엄마는 명랑하셨으며 긍정적인 성격이셨다고 한다. 나의 어린 시절 또한 엄마의 모습에서 긍정적인 면을 유산으로 받았다.

여자도 배워야 한다고 무엇이든지 하고 싶은 것이 있으면 후회하지 말고 하라고 말씀하신 친정엄마 덕분에 나는 오늘도 배움의 끈을 놓지 않는다.

부모님도 어릴 때가 있었다

40대 권정란

무뚝뚝하지만 속정 깊은 경상도 남자, 우리 아빠
소녀 같지만 야무진 전라도 여자, 우리 엄마
부모님을 한마디로 표현하자면 이렇다.

아빠는 경남 산청, 물 좋고 공기 좋은 지리산 자락에서 태어나셨다. 아빠의 어린 시절 친할아버지께서 살아 계실 때는 부유하게 자랐다고 들었다. 아빠가 열 살 되던 해 친할아버지께서는 이른 나이에 돌아가셨고, 이후 살림이 기울었다고 했다. 아빠는 6남매 중 넷째였고, 아들로는 둘째였다. 친할아버지가 안 계시니 집에 많은 농사는 아들들이 맡아야 했고, 그 농사를 둘째인 아빠가 도맡아 하셨다고 했다. 아빠 말씀에 어릴 때부터 지기 싫어하고, 소위 말하는 '깡다구'가 있었다고 했다.

아빠는 공부도 곧잘 했지만, 집 농사를 책임질 사람이 없어서 공부를 계속할 수 없었다. 그러다 보니 늘 공부에 아쉬움이 있으셨다.

10대 후반이 되자 아빠는 힘든 농사일에 지치셨고, 돈을 벌기 위해 도시로 도망치듯 나오셨다. 공장에 취직하셨고, 일도 잘하셨는지 금세 승진이 되셨다고 했다.

고향에서는 힘든 농사일 때문인지 키가 친구 중에 가장 작았었는데, 도시로 오자 키가 훌쩍 커서 지금은 친구 중 가장 키가 크시다. 그것만 짐작해봐도 10대의 나이에 농사와 가족에 대한 책임감이 얼마나 무거웠을지 예상이 된다.

엄마는 전남 목포 인근 작은 섬에서 태어나셨다. 어려움 없던 어린 시절 외할아버지는 경찰이셨고, 6·25 때 총을 맞은 자국이 세 군데나 있었다고 했다. 그 후유증으로 경찰 일은 그만두시고, 사업을 하셨는데, 사업이 잘 안되셨다고 한다. 그 때문에, 엄마도 이른 나이에 도시로 돈을 벌러 오셨다고 했다.

엄마는 5남매 중 첫째였기에 그때는 다 그렇듯 첫딸은 살림 밑천이었다. 첫딸이라는 책임감으로 가족들에게 도움이 되어야 했다.

'어린 나이에 타지에 있는 공장에 다니면서 얼마나 힘드셨을까?

'그 책임감이라는 단어가 얼마나 무거웠을까?'

나의 부모님은 어려워진 가정환경으로 인해 일찍이 사회생활을 해야 했다. 학업도 원하던 만큼 하지 못했다. 본인이 하고 싶은 것을 뒤로한 채 누군가를 위해 살아야 했다. 그것이 당연한 것처럼 말이다.

그렇게 열심히 살아오신 덕분에 동생들과 나는 걱정 없는 어린 시절을 보냈다. 하고 싶은 것은 뭐든 다 해 주셨다. 본인들이 누리지 못한 혜택을 분풀이하듯 자식들이 누리는 것을 보며 대리만족하셨으리라.

부모님의 어린 시절의 부족함이 나의 어린 시절 부유함이 되었다.

"엄마 아빠, 감사합니다. 당신들 덕분입니다. 사랑합니다."

나를 춤추게 하는 가족 교향곡

부모님도 어릴 때가 있었다

50대 이은주

내게만 어린 시절이 있고 부모님은 어린 시절도 없이 바로 어른이 된 줄 착각하고 살았다. 부모님의 어린 시절은 생각해 보지도 않았다. 며칠 전 엄마를 만나 엄마의 어린 시절에 관해 들었다.

엄마가 태어났을 때 외할아버지는 매우 편찮으셨다. 외할머니는 할아버지 병간호에 전념하느라 자녀들에게 신경 쓸 겨를이 없었다. 어린 엄마는 위로 언니 둘이 있었다. 언니들이 아기인 엄마를 업고 학교에 가면 친구들이 놀렸다. 큰언니는 동생들을 돌보며 집안 살림을 도맡아서 해야만 했다.

엄마는 이모들의 손에서 자라다가 엄마의 외가인 외삼촌 집에서 초등학교에 다녔다. 엄마는 부모의 따뜻한 정도 경험해보지 못하고 할머니 밑에서 할머니의 사랑을 받고 자랐다. 먹고 살기 힘들었던 시절이었기에 엄마도 외갓집에서 생활하며 눈칫밥을 먹고 자랐다. 엄마에게 특별히 눈치를 주지는 않았지만, 어린 엄마는 늘 눈치가 보였다고 했다. 또한, 외할머니가 보고 싶어 많이 울었다고도 했다.

엄마는 엄마 손에 제대로 보호받지 못한 채 성장해서 그랬는지 아버지 때문에 그렇게 힘들 때도 우리 4남매를 포기하지 않고 책임지며 키워내셨다. 나도 무의식적으로 이런 엄마를 닮았나 보다. 삶이 너무 힘들어 모든 걸 포기하고 싶을 때도 내가 낳은 자식들을 책임지고 싶어 참아냈다.

요즘 세상에는 부부가 헤어지면 자식을 서로 나 몰라라 한다는 소식들을 종종 접한다. 참으로 가슴 아픈 현상이다. 나는 내 딸에게도 말한다.

"네가 결혼하여 자식을 책임지지 않을 거면 아이를 낳지 말아야 한다."

부모 정을 받지 못한 채 살아내야 할 아이들의 아픔이 어느 정도인지 알기에.

아버지를 원망하면서 살았다. 내가 결혼을 하고 자식을 낳아 살면서 가끔 아버지를 생각한다. 아버지가 불쌍하다는 생각이 들면서 가슴이 아려온다. 눈물이 흐른다. 그때 아버지를 단 한 번이라도 이해해주지 못했던 것이 못내 아쉽다.

사실 아버지도 아버지의 어머니가 일찍 돌아가시고 많은 어려운 환경 속에서 제대로 사랑을 받거나 양육을 받지 못하고 자랐다. 억울하고 힘든 일들을 많이 겪으신 것이다. 아버지도 얼마나 힘드셨을까. 결국 아버지도 그 힘든 시대와 환경의 피해자였음을 알게 되었다.

부모님의 어린 시절을 알게 되니 엄마도 아빠도 참 힘들게 살았구나 하는 생각이 든다. 나만 힘들게 살았던 것이 아니라 부모님도 그런 아픈 어린 시절이 있었다.

이제 나는 우리 아이들에게 이런 아픔이 더 대물림 되지 않도록 노력하고 있다. 성인이 된 아이들과 많은 대화를 나누며 따뜻하고 행복한 가문이 될 수 있는 길을 찾고 있다. 우리 아이들의 아이들은 보다 안전하고 따뜻한 환경에서 자랄 수 있도록.

나를 춤추게 하는 가족 교향곡

40대 장희선

　난 부모님의 어린 시절을 모른다. 그래서 나의 어린 시절 이야기로 부모님의 젊은 시절 이야기라도 해보려 한다.

　나는 어릴 적 부모님에 대한 따뜻한 기억이 없는 편이다. 나의 엄마 아빠 두 분은 모두 애정 표현이 없으시고 생계와 자기 일들에 더 관심이 많으셨던 것 같다. 서로 자주 다투시기도 했고 애정 표현에 수줍은 아버지, 원래 냉정하고 쿨한 엄마 이렇게 나의 부모님의 기억은 그러했다.

　내 나이 예닐곱 살 때의 일인 것 같았다.
　그날에 내가 유치원을 다녀왔는지 안 다녀왔는지 잘 모르겠다. 크리스마스이브인 것은 알았고 산타 할아버지가 선물을 두고 가신다는 동심 자체가 없는 애늙은이 같은 나였다. 그래도 선물은 받고 싶어서 내심 누군가에게인지 기대를 했던 것 같다. 어리바리하고 내성적이고 순하기만 한 아이. 그런 나를 친척 어른들은 순하다는 말로 안 그래도 소심한 나의 행동반경을 좁혀 놓았다. 나는 내 안의 꿈틀대는 그 무언가는 남에게 보일 수 없고 나는 없는 것과 같이 존재감이 없이 예쁘게 얌전하게만 있어야 하는 줄로 알았다.

그날 TV 위에 놓여 있던 선물 꾸러미.

엄마는 산타 할아버지가 놓고 갔다는 말과 함께 나에게 크리스마스 선물을 사 주셨다. 지금 생각해보니, 네 이릴 때의 엄마는 아주 무뚝뚝하셨던 분이고 애정 표현도 거의 없으셨던 것 같다. 그런 분이 아이에게 선물을 주시려니 산타가 필요했는지도 모르겠다. 지금도 엄마와 아빠는 내 곁에 계신다. 그분들의 젊은 날의 열매는 지금도 열심히 자라고 있다. 지금의 내 나이보다 훨씬 젊으셨을 내 유년 시절의 부모님. 그분들도 그 나름의 최선을 다해 가정을 지키고 아이들을 양육하셨으리라.

젊으셨던 나의 부모님.

나의 존재 자체가 그분들께 선물이 되기를 바라며 나의 영원한 열매인 아들을 한번 꼭 안아 본다.

나를 춤추게 하는 가족 교향곡

부모님도 어릴 때가 있었다

50대 홍현정

큰아버지와 할머니께 들은 이야기다. 아버지는 어릴 때부터 야무진 아이였다. 아버지의 당돌함은 어릴 때부터 눈에 띄었다. 4살 위인 큰아버지는 순하고 조용했지만 4남 1녀 중 둘째인 아버지는 달랐다. 눈에 총기가 가득하고, 무엇이든 받아들이는 게 빨랐다. 늘 동네 골목대장이었다. 큰아버지가 동네 애들에게 맞고 울고 들어오면 아버지가 달려가서 따지며 사과받아냈다. 당돌한 아이였다. 아버지는 할아버지가 돌아가시자 바로 가장 노릇을 하게 되었다. 가장 역할을 하라고 한 것도 아니었는데 스스로 무엇을 해야 먹고 살 수 있을지를 고민했다.

할머니가 아직 학생인 동생들을 혼자서 교육하는 일이란 쉽지 않아 보였기에 아버지는 일찍 독립을 생각했다. 국방의 의무를 빨리 수행하고 제대 후 아버지는 청년 사업가로 돈을 벌어 큰아버지에게 땅을 사드렸다. 노력하는 만큼 돈 버는 재미가 너무 좋았다고 하신다. 아버지가 활동하시는 무대는 전국이었기에 세상은 넓고 할 일은 많다는 책 제목처럼 사업 영역이 넓었다.

아버지는 죽을 싫어하신다. 가난하던 시절 한때 쌀을 조금 넣고 물은 많이 부어 죽을 끓여 먹던 시절, 고생한 시절의 맛이 떠올라 싫다고 하신다. 지금은 죽 종류도 다양하고 맛도 좋다고 말씀드려도 결국에 죽 먹는 거라고 하시며 손사래 치며 웃으신다. 아버지가 일으켜 세운 가정은 삼촌들도 고모도 크자 여건이 훨씬 좋아졌다. 땅도 많이 사놓게 되고 더 이상 고생은 하지 않아도 되었다. 군 복무 중에도 집으로 생활비를 만들어 보낸 분이 아버지다. 부드럽지만 카리스마 있고 잘 웃으시지만 예리한 분이다.

착하고 예쁜 엄마는 어린 시절부터 순둥이었다. 얼굴이 예쁜데 마음도 곱다고 칭찬이 자자했다. 바로 밑 여동생인 큰이모가 엄마의 예쁜 옷을 입고 나가도 크게 다투지 않았다. 속은 상했지만, 엄마는 매번 이해해주었다. 나도 여동생이랑 방을 같이 쓰면서 동생이 내 옷을 입고 먼저 나간 적이 여러 번 있다. 많이 속상해하니까 엄마는 어린 시절 얘기를 해주셨다. 엄마 바로 밑 동생인 큰이모가 교회 오르간 반주하러 가면서 엄마 옷을 입고 나가버리면 옷이 없어 속상한 적이 여러 번 있었는데 싸우지는 않았단다. 엄마는 막내 여동생과 마음이 잘 통했다. 막내 이모는 엄마를 많이 좋아하고 자주 왕래하면서 우리도 방학 때 이모네 집에 가서 지내기도 하고 이종사촌들은 우리 집에 와서 지내기도 했다. 마음이 맞는 막내 이모와 엄마는 어릴 때부터 나이 들어서도 서로 위해주며 변함없이 잘 지내셨다.

엄마도 오빠 둘에 여동생 둘 5남매다. 엄마가 중간이다. 딸 중에 큰딸이다. 내가 엄마 같은 성품이고 엄마처럼 큰딸이라 부모님 마음을 잘 헤아린다고 나를 격려해 주셨다. 속상해도 크게 내색하지 않는 내가 엄마의 어린 시절 같아서 마음이 간다고 하셨다. 엄마의 어린 시절처럼 비슷

나를 춤추게 하는 가족 교향곡

한 성향을 보인 나는 엄마를 그리워하며 이 글을 쓴다. 특별하지 않고 모나지 않게 어린 시절을 지내 온 엄마와 나는 서로를 위하며 서로를 아끼는 인생의 모녀지간이었다. 신기한 건 엄마도 외할머니에게 나와 같은 딸이었다고 말씀하셨다. 외할머니가 엄마에게 속마음 터놓는 큰딸이었다. 나는 외할머니와 엄마처럼 마음을 터놓을 수 있는 딸이 없다. 아들을 둘 두었다. 딸과 친구처럼 지내는 주변인들을 보면 나도 딸이 있었으면 좋겠다.

부모님도 어릴 때가 있다

60대 유유정

아버지의 인생.

아버지 그동안 사시느라 고생 많으셨어요. 편안한 곳으로 가서 고이 고이 영원히 잘 계시길 바랄게요. 엄마 만나서 꼭 미안하다 하시고 많은 이야기를 나누며 잘 챙겨 주세요. 엄마는 아버지한테 좋은 이야기 많이 해주시던데요. 옛날이야기도 해주고 어떻게 살아야 잘 살 수 있는지 이 야기해 주시던 거 다 알아요. 그때의 나는 자는 척했지만 다 듣고 있었 어요. 자는 척하고 난 다 들었거든요. 아버지 부디 엄마하고 화해해서 손 잡고 잘 지내기를 바라는 내 마음 아시지요? 날 태어나게 해 줘서 고마 워요. 아버지.

난 어릴 때 아버지에게 존댓말이 아닌 반말을 많이 했다. 혼나고 야단 맞을 때만 존댓말을 한 기억이 난다. 하지만 아버지에겐 혼나고 야단맞 은 기억은 별로 없다. 우리 집 훈육 담당은 엄마였다. 엄마의 교육으로 우리 형제들은 잘 자라고 올바른 정신으로 살아가게 된 것으로 생각한 다. 지금도 모두 잘 살고 열심히 살아가고 있다고 자부하는 나다.

우리는 아버지를 신뢰하지 않았기에 엄마의 자리보다는 조금 가볍게 생각하게 된다. 그런데 얼마 전에 아버지가 갑자기 영원히 볼 수 없는 곳 으로 돌아가셨다. 어쩌면 사람의 목숨이 이렇게 쉽게 떠나게 될 수 있을

나를 춤추게 하는 가족 교향곡

까? 아버지는 평소에 그 누구보다도 건강하셨다.

친구들 만나러 가신 곳에서 맛난 점심을 드시고 헤어져 집으로 오시려 하는데, 심정지 아니면 뇌졸중 전문 의사의 추측이다. 실감이 나지 않는 현실이 멍할 뿐이다. 같이 살아온 우리 올케만 울고 있을 뿐 우리 형제들은 모두 멍하니 서로 바라만 보고 있다. 쓰러지는 순간 얼마나 가족이 생각이 났고 무서웠을까? 생각하면 가슴이 확 막히는 쓰림이 스치곤 한다. 울컥하는 그 순간 온 정신이 멈추어 버리는 난 아무것도 할 수가 없게 된다. 시간이 흐르면서 아버지의 빈자리가 자꾸 느껴지면서 나를 쓰리고 아프게 한다. 진작에 한 번 찾아가 뵈었다면 하면서 후회도 해보건만 무슨 소용이 있으랴마는 말이다.

아버지는 우리 형제들이 학교를 잘 다니는지 밥을 잘 먹는지 별 관심이 없었다.

내가 어른이 되고 더욱 느끼게 되었다. 그 느낌은 강해졌다. 참으로 가정생활에 관심도 책임감도 없던 분이셨구나 생각하며 당신이 하고픈 대로 편하게 사시는 모습이 참으로 안타까웠다. 아버지로 인해 엄마는 참 고생을 많이 하시면서 사는데 그 당시 엄마의 말씀이셨다. "너의 아버지와 나는 원진살이 끼어서 그렇게 힘들게 산다는구나" 하셨다.

어딘가에서 점을 보고 오신 것이다. 그 소리에 난 무슨 말인지는 모르겠으나 그런가 보다 하며 살아왔다.

지금에야 나는 그 말을 이해할 수 있다. 세상을 살아가면서 불안하고 두렵고 힘들었으면 점을 보고 오셨을까? 그 시절 우리는 모르는 것들이 많았고 엄마의 젊은 시절 누구나 할 것 없이 지혜는 많았을지언정 지식이 부족한 시절이다. 먹고 살기도 힘든 시절이기에, 그러나 엄마는 한글을 우리에게 한글을 깨우치게 가르쳐 주신 분이시다. 그 배움으로 나는 사촌들에게 한글을 일러 주면서 같이 학교 다닌 기억이 난다. 지금에 이해되는 엄마의 말, 사람은 모두 앞날을 정확하게 알지 못한다. 그래서 엄마의 힘들고 어려움을 아마 점쟁이를 찾아가서 자신의 팔자를 물어보셨다고 하시는 말씀일 것이라고 이해하게 되었다. 그래서 난 아버지께 부탁한다. 엄마에게 하다는 말을 꼭 해 드리기를 바라는 마음이다.

나를 춤추게 하는 가족 교향곡

제2장

의미있는 가정사

제2장 의미있는 가정사

내 심장이 울던 날

우리는 상처받은 곳에서 더 강해진다.
가장 간결한 대답은 행동하는 것이다.

-어니스트 헤밍웨이-

내 심장이 울던 날

40대 강은혜

그날은 여느 날과 하나도 다르지 않은 평범한 날이었다. 엄마가 쇠 된 목소리로 전화를 걸어왔다.

"은혜야, 할머니가 돌아가셨다."

도무지 믿기지 않아 되물었다.

"어느 할머니?"

"누군 누구야, 네 외할머니지."

'네 외할머니'라는 말에 나는 그대로 주저앉아 엉엉 울었다. '꺼이꺼이' 사람의 목에서 정말 그런 소리가 나온다. 눈물이 하염없이 흘렀다. '눈앞이 노랗다.'라는 말을 그제야 이해할 수 있었다.

남편은 나를 일으키며 말했다.

"은혜야, 외할머니 마지막 모습 뵈러 가야지."

남편의 부축을 받고서야 겨우 일어나 외할머니댁으로 향할 수 있었다. 도착하니 엄마, 아빠, 외삼촌들이 자는 듯이 누워 계신 외할머니 주위에 망연자실 서 계셨다.

외삼촌은 담담하게 외할머니의 마지막을 전하신다.

"저녁으로 죽 한 그릇을 드시고, 주무신다고 마루에 누우셨는데, 그게 마지막이었어."

우리가 당신을 바라보고 있는 걸 아시는지 모르시는지 외할머니는 평온한 얼굴로 누워계셨다. 돌아가신 분이라고 믿기 어려울 정도로 환한 얼굴이었다. 외할머니의 평안한 일굴이 위안이 되었다.

　소식을 듣자마자 외할머니 집에 데려다준 남편이 얼마나 고마웠는지 모른다. 외할머니 얼굴에 손을 대자 약간의 온기가 남아있었다. 나는 어린아이처럼 외할머니에게 볼을 비비며 목 놓아 울었다. 이제 다시는 외할머니의 미소를 볼 수 없다는 사실이 믿기지 않았다.

　결혼 전 가까이 살며 수시로 외할머니 집을 드나들던 나는 결혼을 하고 아이들을 낳고 직장을 다니며 바쁘다는 핑계로 외할머니 집을 자주 방문하지 못하게 되었다. 가끔 외할머니가 좋아하고 유일하게 드실 수 있는 두유를 보내드리는 것으로 위안을 삼았다.

　어느 날 안부 전화에서 이제는 두유마저 잘 드시질 못한다는 소식에 놀란 나는 외할머니 집으로 한걸음에 달려간다. 외할머니는 몇 년 전부터 사람을 잘 알아보지 못하셨다.

　"할머니, 은혜 왔어요."

　이름을 듣고서야 겨우 알아보시고 알은체를 하셨다.

　"우리 은혜 왔구나."

　그날따라 외할머니와 외삼촌과 함께 손을 잡고 기도가 하고 싶었다.

　"아버지, 우리 외할머니 사시는 동안에 덜 아프게 하시고, 천국 가는 날 평안히 주님 품에 안기게 해주세요."

　그로부터 일주일 뒤 외할머니는 우리 곁을 떠나셨다. 외할머니의 죽음을 받아들이기 어려웠던 난 그날의 기도를 후회했다. 마치 나 때문에 돌아가신 것 같아 괴로웠다. 하지만 엄마는 미움조차 넘기기 힘들어하시는 외할머니가 보기 어려워 기도조차 해주질 못했는데 딸이 대신했다며 고마워하셨다.

왜 사랑하는 외할머니 집을 지척에 두고도 가보질 못했나. 핑계는 또 왜 그리 많았던지. 나의 인생은 사랑하는 외할머니의 죽음 그 이전과 그 이후로 나뉘었다. 소중한 것은 잃고 난 후에야 알게 된다고 했던가? 외할머니가 나에게 그런 존재였다.

"할머니, 이제는 아픔 없는 곳에서 쉬어요. 사랑해요. 그리고 우리 꼭 다시 만나요."

내 심장이 울던 날

30대 이선미

만나고 헤어짐을 반복하던 연애를 하면서 가장 힘들었던 것은 헤어짐의 순간이었다. 사랑한다고 속삭이던 두 남녀가 헤어짐의 순간 이후로 서로에게 아무것도 아닌 남이 되어 버리는 것은 헤어짐을 고한 사람이든 이별을 통보받은 사람이든 모두 힘들다. 그런 연애를 그만하고 검은 머리 파뿌리 될 때까지 함께 할 수 있는 사람을 만나고 싶었다.

키가 훤칠하고 이목구비가 뚜렷한 남편은 나의 이상형이 아니었다. 그러나 성격, 삶의 태도, 마음 씀씀이 등 많은 부분에서 내가 바라던 신랑감과 일치했다. 연애 초기 나는 솔직하게 결혼할 사람이 아니면 만나서 시간 낭비하고 싶지 않다고 말했다. 신랑도 동의하며 우리의 사랑은 조금씩 커졌다.

두 남녀의 소소한 데이트를 즐기고 있었다. 하루는 그 사람이 자기 집안 이야기와 유전적으로 시력이 약해서 수술을 한 이야기를 해주었다. 마음이 아팠다. 혼자 집에 와서 이런저런 생각을 하고 관련된 정보에 대해 검색 해 보았다. 마음에 동요가 있었다. '혹시 내가 이 사람과 결혼해서 아기를 낳으면, 내 아이도 유전적으로 약한 시력을 갖고 태어나지 않을까?' 덜컥 겁이 났다. 며칠 밤을 고민하다가 그 사람에게 물어보기로 했다. 그의 대답은 그럴 수도, 그렇지 않을 수도 있다는 것이다. 모계유전이기 때문에, 가능성은 50%라는 것이다. 그는 특유의 침착함으로 그 유전병에 대해 자세히 설명해주었고, 어머니를 비롯하여 동생도 같은 증상으로 수술했고 지금은 건강히 잘살고 있으니 걱정하지 말라고 하였다. 하지만 알면 알수록 나의 두려움은 점점 더 커졌다. 이기적인 마음도 생겼다. '굳이 내가 왜 그 어려움을 감수해야 하나.' 고심한 끝에 결국 그에게 헤어짐을 고하게 되었다.

그는 자신이 할 수 있는 설명을 충분히 했지만, 그것을 받아들이지 못하는 내 마음을 인정하고 담담히 받아들였다. 그 상황에서 본인이 할 수 있는 일이 없다는 것을 안 그의 마음이 얼마나 아팠을까. 자기 잘못이 아닌데, 그로 인해 상처받았을 그에게 미안한 마음이 들었다. 내 심장이 울었다.

며칠이 지나 나는 먼저 연락했다. 어려운 상황에서도 바르게 자란 그를 품어 주고 싶다는 생각이 들었다. 사실 누가 누구를 품는 것이 아니다. 서로가 기대어 같은 곳을 바라보며 나아가는 것이다. 그는 말했다. 몸이 아픈 것은 치료하면 된다고, 정신이 바로 서지 않은 사람, 마음이 건강하지 않은 사람들이 더 문제라고.

내 심장이 울던 날

50대 정서인

    군 복무 중인 첫째 아들을 면회하러 가기 전날 밤이다. 갑자기 둘째 아들과 연락이 되지 않았다. 초조한 마음으로 기다렸다. 밤 9시 넘어 현관문 여는 소리가 들렸다. 화난 목소리로 말했다.

    "너 뭐 하고 있다가 이제 오니? 형 면회 가기로 했는데 지금 오면 어떡해?"

    아들은 형을 만나기 싫다고 말했다. 자초지종을 들어보니까 둘만 있을 때 괴롭힘을 당했다고 했다. 몇 년 전 성가 발표회를 연습하던 중에 동생이 집에 오지 않았다고 해서 집이 발칵 뒤집혔던 일이 있었다. 그때 집에 오지 않은 이유가 형이 무섭다고 말했던 일이 기억났다. 첫째 아들에게 큰 기대를 했던 우리 부부는 스트레스를 많이 주었다. 아마 그 스트레스를 동생에게 화풀이한 거 같았다. 나름 스트레스를 받고 많이 힘들었을 첫째 아들에게도 미안한 마음이 들었다.

    면회를 가기 싫어하는 둘째 아들을 설득했다. 남편에게 이 상황을 알리려고 편지를 썼다. 우등버스를 타고 남편이 있는 집에 새벽이 되어 도착했다. 아들이 욕실로 들어간 사이 남편에게 편지를 슬며시 건넸다. 편지를 읽어 내려가는 남편의 표정이 점점 굳어졌다. 이튿날 아침 이불 속에서 꼼짝하지 않은 아들에게 남편은 말했다.

"너 혼자 집에 있어. 형한테 엄마랑 갔다 올게." 첫째 아들에게 먼저 간 남편이 동생이 형에 대해 어떤 마음을 가졌는지 알려주었다. 그 후 형은 동생에게 사과 편지를 보내왔다. 사과 편지를 처음 받았을 때 형의 마음이 진심이 아니라면서 믿으려 하지 않았다.

계절이 바뀌고 첫째 아들이 휴가를 받아 집에 왔다. 둘째 아들이 부엌에서 요리하고 있는 나에게 슬그머니 다가와 미소 지으며 말했다.

"엄마, 형이 조금 변한 거 같아." 굳게 닫혀 있던 마음의 문이 살짝 열렸다는 느낌이 들어 다행스럽다는 생각과 함께 상처가 치유될 수 있을 거란 희망이 보였다.

둘째 아들 생일에 대전으로 가서 생일 축하 노래를 불렀다. 형이 동생에게 말했다.

"생일 축하한다. 거기 뾰족하게 보이는 것 잡아서 죽 당겨 봐."

"이거 말이야?" 아들은 뾰족한 부분을 잡아당겼다. 만 원짜리 돈이 줄줄 나왔다. 무려 20장이나 되었다.

"형, 진짜 진짜 고마워. 기분 좋구먼." 아들은 입이 찢어질 정도로 호탕하게 웃었다. 용돈도 넉넉하지 않은 형이 동생을 위해 준비한 이벤트에 모두가 감동했다. 꽤 오래전에 이 시간을 기다리며 준비했을 첫째 아들 마음이 고스란히 전해졌다. 기특했다. 서로의 노력으로 아픈 상처는 치유되고, 돈독해진 형제애로 지내는 두 아들이 그저 고맙기만 하다.

내 심장이 울던 날

50대 김희정

남편의 스타일은 딱 한 마디로 정의하자면 청렴결백으로 마침표를 찍어야 할 것 같다. 대기업을 다녔을 때도, 신의 직장이라 일컫는 곳에서 근무하였을 때도 돈과는 거리가 먼 사람이었다. 이런 사람이 친구 따라 강남 간다고 사업에 뛰어들었다. 그다음은 불 보듯 뻔한 일처럼 귀결되는 인생사가 펼쳐지는 것 아니겠는가.

우리는 겨우 탈 탈 털어서 서울의 차이나타운이라는 옆 동네 반지하가 있는 오래된 가옥을 매매하여 2층에 살게 되었다. 가끔은 바퀴벌레가 나와서 자기들끼리 춤을 추었고 어두운 골목에서는 술에 취한 사람들도 마주 지나쳐야 했지만, 우리 형편에 그런대로 살 만한 집이었다.

아들과 딸도 이제 점점 나이 들어가고 사랑하는 사람을 만나 결혼하게 될 텐데 이런 누추한 곳에서 결혼시킨다는 것은 부모로서, 엄마로서 너무나 미안한 마음이 컸다. 그때쯤 부동산 사업을 하는 사회에서 알게 된 친한 언니로부터 한 통의 전화를 받았다. 소액으로 들어가는 30평대 입주 아파트를 구입할 수 있는 아주 좋은 기회라는 것이다. 무식하면 용감하다고 덜컥 계약하자고 하였다. 두 아이에게 근사한 아파트에서 살게 하다가 장가가고 시집보내고 싶었던 마음만이 너무나 컸다. 선 계약

　　　　　　　　　　　　나를 춤추게 하는 가족 교향곡

을 일사천리로 마친 후 돈 마련에 나섰다.

융통하는 과정에 뜻하지 않았던 가슴을 도려내는 아픔을 경험하게 되었다. 숨을 곳 없는 절벽 아래로 끝도 없이 추락했던 말잔치들 속에 있는 나를 발견하였다. 마음과 가슴이 찢겨나가고 너덜너덜 걸레가 된 만신창이로 계약을 철회하기 위하여 부동산을 찾게 되었다. 언니 부부가 위로해준다면서 막걸리와 부침개를 사 오셨는데 막걸리 두 잔에 무너졌다. 형부의 말을 빌리자면, 얼마나 통곡하던지 부동산 문을 닫아버렸다고 한다. 달래보고 위로해 봐도 멈추지 않자 혼자 실컷 울라며 사무실을 걸어 잠그고 아예 밖으로 나갔다고 하였다. 우는 소리가 얼마나 컸던지 지나가는 사람들이 밖에서 안을 들여다보았다 한다.

심한 좌절감과 절망 속에 힘들게 버티고 있는 것이 신기할 정도였다. 어느 날 뇌는 부풀어 오르는 듯 땅으로 꼬꾸라질 것만 같았다. 큰일이 날 것 같아 시각장애 원장님이 운영하는 침술원을 찾아가 머리와 얼굴, 인중에 침을 맞았다. 피가 흘러내렸는데, 이 피가 나오지 않았다면 "풍 맞았다"고 하였다. 마침 그때 친구에게서 전화가 왔는데 죽어가는 목소리가 수상했던지 꼬치꼬치 캐묻고는 소리를 꽥 질렀다. "이 바보야, 지금 당장 병원에 가서 암 환자가 맞는 수액 맞아." 전화가 툭 끊어지더니 문자가 왔는데 수액 맞을 비용이었다. 한 바가지의 눈물을 다 쏟고 나서야 병원을 찾아갈 수 있었다.

며칠 후 부동산 언니가 두 아이를 아파트에서 살게 하다가 장가며, 시집이며 보내라면서 도와주었다. 우리는 지금 아파트에서 살고 있으며 언니에게서 융통했던 돈도 다 갚았다. 은혜는 아직 갚지 못하고 있으나 사는 평생 갚아나갈 것이기에 걱정하지 않는다. 언니는 내가 없는 자리에서도 내 칭찬을 아끼지 않는다. "무(無)에서 유(有)를 창출해 낸 사람, 의리 빼면 시체인 여장부입니다."

"심장이 울고 찢겨나가던 날 함께 해 주셨던 그 은혜 평생토록 잊지 않겠습니다."

내 심장이 울던 날

50대 신유정

주말 아침 남편은 운동을 나가기 위해 준비하는 나에게 "산으로 운동 갈 건데 같이 가서 운동하고 옵시다"라고 말한다. 걷기 편한 복장을 하고 남편을 뒤따른다. 집 앞 작은 동산이 있는 둘레길을 뛰어가는 남편을 따라 나도 뛴다. 매일 운동을 게을러 하지 않는 남편은 직장 내 축구팀으로 대회에서 우승하기도 했다. 굳이 잔소리하지 않아도 될 정도로 건강관리를 잘하는 남편이었다.

그러던 어느 날, 남편이 회사에서 사고가 났다고 119에서 연락이 왔다. 사고로 추락해서 병원으로 이송 중이라고 한다. 마음의 평정을 찾기가 어려웠다. 결국, 남편은 외상성 뇌출혈로 수술받은 후 중환자실에서 혼자 외로움 싸움을 하고 있다.

남편은 평소 자기관리가 철저한 사람이었기에 남편의 갑작스러운 사고 소식은 큰 충격이었다. 남편은 자가 호흡을 하고 있어 숙면을 잘 취하지 못했다. 뇌압은 떨어지지 않고, 뇌에 물이 차서 머리에 구멍을 내어 호스로 빼야 하는 상황이었다. 뇌경색, 폐렴, 오른쪽 편마비, 외 많은 일이 2개월 동안 일어났다. 하루도 잠을 제대로 자지 못했다. 오늘은 또 어떤 일이 일어날까? 안 좋은 소식을 들을 때마다 지옥을 수십 번 오고 갔다. 하지만, 남편을 위해 간절한 기도를 하며 기다렸다. 남편 역시, 건강한 모습을 찾기 위한 노력을 게을리하지 않았다.

남편이 오른쪽 손이 움직이면서 조금씩 신체적인 회복, 기억력, 언어에도 큰 문제 없이 회복되기 시작했다. 하늘을 다 얻은 것같이 기뻤다. 병원에서 프로젝트에 참가 권유를 받을 정도로 남편의 재활 치료 회복 속도는 놀라울 정도로 빨랐다. 생각보다 빨리 남편은 퇴원하여 가족의 품으로 돌아왔다.

건강이 좋아져 이제는 혼자서 병원에 오갈 정도로 건강하다. 신체적으로 건강한 모습으로 돌아와 준 남편은 감정이 풍부해졌다. 한국과 포르투갈전에서 16강 축구를 보며 울먹이는 남편을 보며 나도 마음이 뭉클했다. 남편은 직장에 빨리 복귀하고 싶어 한다. 그런 남편에게 "조금만 더 휴식을 취하고 건강이 완전히 회복되면 출근해요."라고 말해준다.

내가 할 수 있는 일은 기도뿐이었다. 지금도 잠을 자기 전 감사의 기도를 한다. 이제는 평범한 일상생활이 가능해졌다. 남편의 건강한 모습을 보고 있으면 기쁨이 온몸에 퍼진다.

나를 춤추게 하는 가족 교향곡

내 심장이 울던 날

40대 권정란

"유잉육종입니다." 그 말을 잊을 수가 없다.

무엇을 줘도 바꿀 수 없는 사랑스러운 내 딸이 희귀암 진단을 받았다. 이름도 처음 들어보는 희귀암이었다. 내 인생 처음으로 세상이 멈추고 눈앞이 하얘지는 것을 느꼈다. 처음 그 말을 들었을 때는 눈물도 나지 않았다. 나는 바보가 된 듯이 교수님에게 '뭐라고요?'를 되물었다. 병원을 나서고 나서야 난 아이가 된 듯 소리 내 엉엉 울었고, 남편도 내 어깨를 감싸며 눈물을 삼켰다.

한 달 전, 처음 아픈 것을 알고 동네 정형외과를 찾았을 때, 단순히 근육이 뭉쳐서 아픈 거라고 하셔서 진통제를 먹고 도수 치료를 한 달 가까이 받았다. 괜히 딸에게 '누워서 핸드폰을 많이 해서 그런 거 아니야?'라고 타박하기도 했다. 그렇게 많이 아픈 줄 꿈에도 몰랐다. 진통제로 한 달을 버티고도 좋아지지 않자 다른 정형외과를 찾아갔다. 그제야 그 선생님은 큰 병원에 가야 할 것 같다고 말씀 주시고 직접 예약해 주셨다.

대학병원에서 조직검사를 위해 수술실에 들어갈 때도 '설마? 아닐 거야!'라고 의심했다. 검색 사이트에서 아이가 말한 증상을 여러 번 검색해

보았지만 뚜렷하게 나오는 게 없었다. 그렇게 조직검사를 넣어놓고 2주 간의 기다림 하루가 1년 같았다. 그 어떤 것도 집중할 수가 없었다.

2018년 4월 11일, 첫 진단을 받았다.
우리 딸은 암 환자가 되었다.

딸이 MRI실에 들어가고 나서야 눈물을 흘릴 수 있었다. 잘 울지 않는 남편의 눈물을 그때 처음 보았다. 너무 마음이 아파 심장이 쪼여오는 기분이 들었다. 이게 '가슴이 아프다는 말이구나'라는 것을 절실히 실감할 수 있었다.

부모라면 모두 그럴 것이다. 차라리 내가 아픈 게 낫지, 자식 아픈 건 하늘이 무너지는 심정일 것이다. 화창한 5월의 날씨가 원망스러웠다. 이 세상의 모든 신들도 원망스럽기만 했다. 동시에 죄책감이 몰려왔다. 그렇게 나는 점점 무너져 내려가고 있었다.

그런 나의 모습을 지켜보던 친정엄마는 또 딸 걱정에 마음을 졸이셨다. 본인의 딸이 아주 힘들까 봐. 걱정하지 말라고 괜찮을 거라고 나를 많이도 위로해주셨다. 당시에는 그 누구의 말도 귀에 들어오지 않았다. 다만 내 딸의 마음이 나는 또 걱정되었다. 그렇게 사랑은 흘러가나 보다.

우리 가족은 처음으로 힘든 일을 마주했고, 또 다 같이 용기 주며 지금은 잘 이겨내고 있다. 비 온 뒤 땅이 더 단단해지듯이 우리 가족은 더 단단해지는 중이다.

나를 춤추게 하는 가족 교향곡

내 심장이 울던 날

50대 이은주

딸 하나만 책임지고 싶었다. 내가 무엇을 하고 살아가기에는 둘은 힘들다는 생각으로 아이를 가지지 않았다. 아니 가졌지만 스트레스로 아이를 잃은 다음 더 이상은 가지지 않으려 했다. 그러다 주변 어른들이 "둘은 되어야 하지 않겠니? 하나는 외롭다. 서로 의지하게 하나 더 낳아라."라고 했다. 아들을 기대하면서 나의 삶을 위한 아들을 낳았다.

그 아들을 보름 일찍 만났다. 몸무게가 2.75kg으로 작은 아이였다. 아이를 받아 안아 보는 순간 든든함이 가슴 깊은 곳에서 솟아올랐다. '이제 고생 끝인가?' 가슴 벅찬 마음으로 아이와 퇴원을 했다. 며칠이 지나 아들 예방접종을 위해 근처에 사는 형님이 오셨다. 아들을 데리고 간 병원에서 "황달이 너무 심합니다. 지금 큰 병원에 입원시켜야 합니다."라는 의사의 말씀에 형님은 그 길로 큰 병원에 가서 아들을 입원시켰다.

큰 병원에 아들을 입원시켰다는 형님의 말에 하염없이 눈물이 흘렀다. 제발 아들이 별일 없기를 간절히 기도하면서 병원에 도착했다. 아들은 인큐베이터에 있어서 볼 수가 없었다. 병원에서는 혹 잘못될 수도 있다고 했다. 그 말을 듣는 순간 하늘이 무너지는 느낌이었다. 이 아들이 어떤 아들인가! 내 삶의 희망이었다. 그런 희망이 사라질까 봐 온갖 신을

찾으면서 기도를 했다. 나를 불쌍히 여긴 신들은 희망의 아들을 나에게
돌려주었다.

아들이 건강하게 무럭무럭 자라던 어느 해, 딸이 초등학교 2학년 때의
일이다. 딸의 시력이 좋지 않아 동네 안과를 갔다. 동네에서 나름 잘 본
다고 하는 병원을 찾아갔다.

검사 결과 "시신경이 나쁘니 큰 병원에 가보세요.", "선생님 시신경이
나쁘다는 게 어떤 병입니까? 치료는 어떻게 해야 하는지요?", "그것은 시
력이 나빠져 결국에는 실명에 이를 수도 있는 병입니다. 명확한 치료법
은 없습니다. 다만 실명을 늦출 수는 있습니다."

그 말을 듣고 집으로 오는데 하늘이 노랗게 보였다. '도대체 무슨 일
인가 나에게 왜? 예쁜 내 딸에게 왜?' 하면서 분노가 일었다. '내가 전생
에 무슨 잘못을 했기에' 하며 전생 탓도 했다. '내 딸에게 왜 이런 시련을
주나!' 불만들이 터져 나왔다. 치료가 가능한 병이면 무슨 수를 써서라도
치료를 하면 되지만 치료약이 없단다. 가슴이 터질 것만 같았다. 예쁜 내
딸의 눈을 실명하도록 바라만 보고 있어야 한단다.

부산대 안과 예약을 하고 심장이 녹아내리는 며칠 밤을 보냈다. 병원
에서 여러 가지 검사를 했다. 검사 시간 동안 내내 제발 동네병원에서 오
진이기를 간절하게 기도했다. 검사 결과에서 시신경 이상만은 아니기를
기도하면서 기다렸다. 이 딸이 어떤 딸인가 나의 분신이다. 삶을 놓고 싶
다고 할 때도 삶을 살아내게 했던 그런 딸이다. 이 딸이 없는 세상은 꿈
도 꾸기 싫다.

'나에게 이 딸이 없으면 저는 못 살아요. 제발 내 딸을 온전한 몸으로

돌려주세요.' 간절히 매달렸다. 내가 할 수 있는 것이라고는 기도밖에 없었다. 그랬다. 나는 힘도, 빽도, 돈도 없다. 오직 사랑스런 나의 분신 아들딸이 전부다.

심장을 녹아내리게 만든 그 딸은 지금은 독일에서 박사를 마쳤다. 동네병원에서 오진이었고 다행히 아무 일 없었다. 다만 시력이 좋지 않을 뿐이다. 아들딸이 나의 희망이 되어 나는 오늘도 그 희망들을 바라보면서 열심히 살고 있다.

내 심장이 울던 날

40대 장희선

젊었을 때는 어느 정도 고난이 있었던 듯 하나 어느샌가 나는 우는 법을 잃어버린 새가 되어 있다. 여기를 봐도 저기를 봐도 항상 조용한 평안과 덤덤한 기쁨 가운데 살고 있는 듯하다. 이렇게 되기까지는 매우 많은 우여곡절이 있었으나 이기고 견뎌내고 뛰어넘어서 모든 고난을 뒤로하고 살고 있다. 친정엄마나 남편은 공짜로 사는 인생이라며 항상 운이 좋은 편인 나를 신기하게 보기도 한다.

그러나 이런 나에게도 갑작스러운 지인의 죽음은 심장을 어릿하게 만드는 일이다. 발랄하고 엉뚱한 그녀 환이 엄마가 암으로 세상을 떠났다는 사실을 듣게 되었을 때 나는 한동안 멍하니 그녀를 추억하게 되었다.

환이 엄마

-시인 장희선

그녀의 시집살이
집 나간 스토리

나를 춤추게 하는 가족 교향곡

아이들이 밟혀
다시 들어온 집에서
얻어버린 병

갑자기 떠나버린
그녀의 근황
망연자실
허탈함

커피 한 잔을
건네며 나누던
그날의
덤덤한
이야기들

이제 그녀는
없다

나는 이제 그녀를 그 나라에서 다시 보기를 소망한다.

내 심장이 울던 날

50대 홍현정

나를 찾는 부모님과 불편함을 느끼는 형제들 사이에서 마음의 힘듦이 있었다. 한 살 위인 오빠는 늘 변함없이 부모님과 형제들을 대한다. 오빠의 우직한 마음이 듬직하고 고맙다. 여자인 내가 먼저 결혼하게 되고 친정 대소사를 다 챙기게 되면서 다른 형제들은 미혼이었기에 자연스럽게 모든 상의는 부모님과 나를 위주로 돌아가게 되었다.

세월이 지나도 형제들과 부모님은 큰 행사나 집안에 문제가 생기면 나에게 먼저 연락이 왔다. 결혼으로 맏며느리, 외며느리가 되다 보니 아이도 키우며 양가 집안일들을 챙기는 게 벅찰 때도 있다. 보상을 바라거나 칭찬을 바라지는 않았지만, 누군가 하는 부담스러운 이야기를 들으면 기분이 언짢아질 때가 몇 번 있다. 어른들은 칭찬했지만, 형제 중 누군가는 불편한 말을 했다. 그게 질투라고 말하기도 했는데 나는 마음의 불편함을 느꼈다.

어린 시절부터 나와 유난히 예민하게 비교하는 여동생이 있다. 특히 우리 큰엄마는 나는 예쁜데 여동생은 못생겼다고 대놓고 얘기하셨다. 둘이 성향도 다르고 자매지간이라도 내성적인 나와 외향적인 여동생은 취향도 외모도 달랐다. 동생은 직접적으로 마음에 있는 이야기를 하는

나를 춤추게 하는 가족 교향곡

타입이고, 질투도 많은 편이다. 엄마는 동생의 그런 점을 우려하시며 엄마 시댁의 누구와 닮았다고 이야기하곤 하셨다.

아버지는 사시던 아파트 재건축으로 서류 관련 일이나 조합 관련 투표할 일이 생기면 큰딸인 내가 참여하고 함께 하길 원하셨다. 차근차근 일 처리 하는 내 성격이 마음이 놓인다고 하셨다. 시간적 여유가 없을 때는 큰 부담이다. 연로하신 아버지가 원하시니 시간이 안 될 때도 조합 일로 아버지와 같이 가야 했고 형제들이 같이 확인하는 자리는 각자 바쁘다고 못 오는 사람도 있지만 나는 늘 참석해야 하는 처지였다. 아버지는 사업을 했던 분이라 내가 빠릿빠릿하게 일처리 하는 게 마음에 든다고 매번 이야기하신다. 형제들도 다 내가 맡아서 하길 원하는지, 나서는 사람이 없고 나로서는 큰 부담이다. 벗어나고 싶어도 벗어나지 못하는 굴레와 같다.

어느 날 여동생이 아버지 집을 언니가 욕심낼지도 모르니 잘 살펴야 한다는 이야기를 가족 카톡방에 했다. 내 눈을 의심했고, 여동생의 됨됨이를 의심했다. 수고했다는 이야기를 듣지는 못할지언정 세상에 그런 글을 쓰는 인격도 의심스럽고 그런 생각을 내 동생이 하고 있을 거라고는 상상도 못 했다. 심하게 마음의 상처를 받고 몇 주 동안 잠도 못 자고 밥도 먹지 못했다. 나는 전혀 그런 쪽으로 생각해 본 적이 없다. 아버지는 그제야 여동생이 아버지에게 집 상속에 관한 이야기를 해 감정이 상한 적 있다고 말씀하셨다. 내가 살아온 시절을 보면 나를 알 텐데 야속한 말을 한 여동생이 의외였지만, 충격이 심해 마음 회복되는 데 시간이 오래 걸렸다. 여동생의 사과는 받았지만, 자국은 심하게 가슴에 남았다.

아버지는 여전히 나를 부르신다. 연세 있으신 아버지가 부르면 오늘도 달려간다. 큰딸인 내가 해야 마음을 놓으시는 아버지만 생각하며 원하실 때 원하시는 일을 같이 다니며 처리하지만, 보람도 없이 아무것도 안 하면서 말로 상처를 주는 동생을 이해할 수 없다. 이래서 형제간에 재산 다툼이 생기나? 하는 생각이 든다. 마음에 난 상처는 아직도 아프다.

나를 춤추게 하는 가족 교향곡

내 심장이 울던 날

60대 유유정

언제나 시댁에 가는 날은 길거리에서 먹을 음식을 만들어 하루 끼니를 챙겨 가야 했다.

삼십여 년쯤 지난 일이다. 명절에 시댁을 갈 때면, 김밥도 만들어야 하고 물, 음료 등을 챙겨야 한다. 고속도로 휴게실은 들어갈 생각조차 하지 말아야 한다. 사람들로 인해 언제 차례가 돌아올지 모르니 집에서 만들어온 도시락을 가져다 휴게소 도로 가장자리에 돗자리를 펴고 먹는다. 그 시절에는 고속도로 휴게소가 소풍 나온 사람들처럼 모두가 그렇게 하던 시절이었다. 꽉 막힌 도로에 갇혀 언제 도착할지 모르는 체 예정은 포기하고 차가 가는 데로 마음 비우고 시골을 향해 간다. 어느 날은 열 시간을 거쳐 도착하고 어느 해는 밤을 꼬박 새우고 새벽에 도착한다. 하지만, 어른들을 뵙고 차례도 지내야 하기에 꼭 빠지는 일 없이 시댁에 가야 한다.

아이들과 남편을 태우고 밤새 운전이 쉽지 않았는데 난 그때 젊음만 믿고 겁 없이 당차게 운전을 배웠다. 우리는 시댁에서 둘째 아들로 항상 차 순위 자리였다. 형님이 우선이었던 시댁의 풍습이나 우리 친정집 풍습이나 장남이 우선이었던 시대였다. 장남은 잘못한 일이 있어도 넘어가고 우리가 무엇인가를 잘못하면 지적받고, 한 소리를 들어야 했다.

어머님께서 돌아가시고 아버님께서 우리 곁으로 오시게 되었다. 큰형님 댁에서 몇 개월 사시다가 우리 집으로 오셨다. 삶의 변화가 왔다. 난 내가 모셔야 되겠다고 마음먹었지만, 모실 때 모시더라도 큰시누님에게 어려움을 투정하게 되었다. 말 그대로 투정을 부리고 싶었다. 그것이 화근이 되어 큰시누이는 아버님께 우리가 집으로 오는 사이 전화를 해서 바로 일러버리는 상황이었다. 회가 많이 나신 아버님이 내 심장을 울게 하셨다. 우리 친정에 전화해서 친정아버지와 통화를 하셔서 딸 교육을 어떻게 했냐며 큰소리를 치셨다.

그때 난 참 많이도 울었다. 눈물이 폭포수 흐르듯이 하염없이 흘렀다. 엄마가 계셨다면 내 편에서 좋은 이야기를 해주실 수 있지만 이미 나를 대변해줄 사람은 어디에도 없었다. 엄마의 아픈 기억을 되새기는 바람에 내 심장의 울음은 그치지를 않았다. 나도 눈을 마주쳐 볼 수 없이 빠른 속도로 가버린 엄마였기에 어린 내 가슴에 가랑잎 같은 낙엽이 되어 버린 나에게 시아버님께서 다시 내 아픔을 건드렸다. 몇 달이 흘러도 내 마음에 울음은 끝이 나지 않았다. 이 글을 쓰면서도 눈물이 하염없이 쏟아짐을 난 지금도 그때 그 일로 울고 있음을 알게 된다.

우리 시아버님께서는 바로 짐을 싸서 딸 집으로 가셨다. 그곳에서 잠시 사시다가 다시 우리 집으로 오셨다. 아버님께서는 참을성이 없으신 분이시다. 사람은 각양각색의 특성이 있다고 하지만 너무 즉흥적으로 행하심으로 다른 사람의 마음은 상처로 다치는 것을 고려해보는 헤아림

나를 춤추게 하는 가족 교향곡

의 배움이 있었다면 우리 아버님께서도 그러지 않으셨을 거라고 이해하고 싶었다.

  그 후로 아버님께서는 우리 집에 육칠 년 더 계시다 돌아가셨다. 제사 모시는 일도 지금 내가 하고 있으며 한때 아버님께서는 나에게 잘해주신 기억으로 마음을 내려놓기로 하고 좋은 일만 기억하기로 했다.

가족을 위해 하는 일

당신은 사랑할 줄 아는 가슴만 있으면 된다.
영혼은 사랑으로 성장하는 것이니까.

-마틴 루터킹-

가족을 위해 하는 일

40대 강은혜

결혼 초기 나는 불량 주부였다. 남편은 결혼 허락받으러 친정을 방문했을 때 열린 문틈 사이로 내 방을 보고는 자신의 미래를 직감했단다. 보통 여자들이 동시에 여러 가지 일을 하고 남자들은 한 가지 일에 집중하면 다른 일은 신경 쓰지 못한다고들 하던데 우리 집은 정반대였다. 남편은 신혼 시절부터 부지런히 움직이며 집안일을 많이 해줬고 큰아들을 키우는 데는 그의 지분이 8할은 되었으리라.

사건은 아들이 중학생이 되던 해에 일어났다. 사춘기가 된 아들은 소심한 반항을 시작했다. 그리고 사춘기 아들과 '오춘기' 남편과의 사이는 미묘하게 틀어지기 시작했다. 아들을 살리겠다고 편을 들며 남편에게 큰소리를 냈던 날, 늘 꽤 잘 맞는다고 생각했던 부부 그리고 화목하다고 믿어왔던 우리 가정에는 미세한 균열이 생겼다.

남편과의 알 수 없는 거리감과 벽은 나에게 심리적으로 큰 압박감이었다. 동시에 외할머니의 죽음, 인사이동 등 큰일들이 연이어 터졌다. '내가 지금 대체 뭘 하고 있는 거지?'라는 생각이 내 머리를 때렸다. 직장에서 승승장구하거나 대단한 성공을 이루려고 한 것도 아니었다. 맞벌이를 해야 할 형편이었기에 일을 시작했다. 직장에서 무능력한 사람으로 보이기는 싫었다. 여자라서 남자보다 못하다는 소리를 듣기는 더욱이 싫었다. 그래서 그저 이를 악물고 앞만 보고 달려왔을 뿐이었다. 그러나 그 결과는 허무했다. 행복들이 모래알처럼 손가락 사이로 빠져나가는 것 같았다.

남편은 네가 내 직장 상사냐며 화를 냈다. 충격적이고 억울했다. 열심히 살았을 뿐인데, 이 정도면 괜찮은 아내, 괜찮은 엄마라고 생각해 왔는데 그러나 우리 가족이 나에게 필요로 했던 것은 최선이 아닌 따스함이었나 보다. 모든 건 가정을 위한 일이었는데 식장에서 진력을 빼는 동안 아이들과 남편은 엄마와 아내의 부재를 느끼고 있었다. 아이들에게 필요한 건 밥심이 아니라 엄마의 사랑이었다.

변화는 아주 작은 것에서부터 시작했다. 초등학교에 막 입학한 둘째를 위해 책 읽어주는 학부모 신청을 했다. 집에 돌아오면 늦은 시간이라도 둘째 아이의 숙제를 함께했다. 사춘기 큰아이의 얼굴에 여드름 약을 발라주고 튼 손에는 로션을 발라주었다. 누군가 듣는다면 '뭘 그렇게 거창하게 이야기하느냐?'고 반문할만한 그런 사소한 일들이었다. 아이들은 사랑을 먹고 자란다고 했던가? 아이들이 서서히 변해 가는 것을 느꼈다. 갑자기 모범생이 되거나 성적이 쑥 올랐다는 이야기가 아니다. 아이들의 얼굴에 생기가 돌아오기 시작했다.

남편을 존중하기로 했다. 목소리 톤을 낮추고 천천히 얘기해본다. 주말이면 남편이 좋아하는 식사 한 끼를 대접해 본다. 한 보 후퇴하고 두보 전진한다. 아주 조금씩 남편의 눈빛에 사랑이 돌아오기 시작했다. '지는 게 이기는 것이다.'

나를 춤추게 하는 가족 교향곡

가족을 위해 하는 일

30대 이선미

내가 우리 가족을 위해 하는 일을 생각하다가 문득 부모님이 가족을 위해 하셨던 일이 무엇이었을까 뒤돌아 생각해보게 되었다.

아이들은 부모를 보고 배운다. 감사하게도 나도 우리 부모님에게서 많은 삶의 지혜를 배웠다. 중고등학생 시절, 수학 시험을 100점 맞아오면 자기 일보다 더욱 기뻐하시며 용돈을 주시던 아빠의 칭찬에 나는 더 잘하고 싶은 마음이 생겼었다. 대학 졸업 반 시절, 취업과 석사과정 공부를 고민할 때 나의 결정을 전적으로 지지하겠다는 아빠의 믿음에 자신감이 생겼다. 아빠는 우리 가족에게 든든한 울타리를 만들어주시고 그 안에서 무엇이든 자유롭게 할 수 있게 해 주셨다.

엄마는 집에 필요한 모든 일을 도맡아 하셨다. 그러면서도 자신이 좋아하는 것을 찾으셨고 배움의 끈도 놓지 않으셨다. 기억에 남는 엄마의 모습은 점심에 할머니, 할아버지 식사를 챙겨 드리고, 화선지를 꽂은 백팩을 등에 메고 자전거를 타고 문인화를 배우러 다니시는 모습이다. 미술대전에 출품할 작품을 고르면서 딸의 의견을 물으셨다. 그러면 나는 나의 미적 감각을 총동원해서 감상평을 한다. 이 그림은 붓의 터치가 거칠고 웅장하지만, 다른 그림은 섬세하며 부드러운 붓의 터치가 있다며 몇 시간씩 출품할 작품을 같이 골랐다. 마흔 살 나이에 문인화에 입문한 엄마는 묵묵히 그림 그리는 일에 몰두하시더니 '가운'이라는 호를 가진 전문적인 문인화 작가님이 되셨다. 시부모님과 두 아이를 위해 집안일을 도맡아 하시면서도 자신이 좋아하는 일을 꾸준히 해내는 모습이 참 보기 좋았다. 딸에게 엄마의 삶을 본보기로 보여주신 것 같다.

나는 대학에서 화학공학을 전공하고 연구소에서 연구개발 업무를 하다가 특허팀으로 옮겨 8년 정도 일했다. 남편의 학업으로 네덜란드에 가게 되면서 일을 그만두었지만, 네덜란드에 있을 때 나 스스로 한 단계 도약하고자 마스트리흐트 대학교(Maastricht University)의 지식재산권 법학석사를 공부하고 졸업할 수 있었다. 지금은 한국에 돌아와 다시 취업 준비생이 되어 내가 필요한 곳에 가려고 준비하는 중이다. 나는 나 자신의 인생을 사는 것이 우리 가족을 위해 하는 일이라고 생각한다.

아직 아이들이 어리기에 엄마의 손길이 조금 더 필요할 수도 있지만, 가끔 아이들을 보면 주도적으로 자신이 좋아하는 무언가를 할 때 즐겁게 더 잘해 내는 모습을 본다. 나는 아이들에게 집착하는 엄마이기보다는 무언가 필요로 할 때 기꺼이 도움을 줄 수 있는 엄마가 되고 싶다. 그래서 지금 내가 가족을 위해 하는 일은 내가 하고 싶은 일을, 나의 행복을 좇는 일이다. 엄마가 행복해야 아이도 행복하다. 나의 적극적이고 진취적인 삶의 에너지가 우리 아이들에게도 흘러가기를.

나를 춤추게 하는 가족 교향곡

가족을 위해 하는 일

50대 정서인

결혼하고 맞벌이하며 주말부부로 지냈다. 첫째 아들을 돌봐주던 어머니가 눈 수술을 해야 하셨다. 아들을 마땅히 맡길 곳이 없어 아래층에 사는 주인아주머니에게 부탁드렸다. 퇴근하자마자 헐레벌떡 달려간 나에게 아주머니가 기저귀를 건네주었다. 예사롭지 않았다. 냄새가 났다. 어떻게 이럴 수 있지! 상식 밖이었다. 사랑이 없는 아주머니에게 아들을 계속 맡길 수 없었다. 수소문 끝에 교회 집사님에게 맡겼다. 다행히 아들은 사랑을 듬뿍 받으며 지냈다.

두 돌이 지나 아들을 놀이방으로 보내기로 했다. 출근 전에 아들을 안고 밖으로 나갔다. 아들을 놀이방 선생님 품으로 안겨주면 목이 터지라 울어댔다. 품에서 안 떨어지려고 안간힘을 쓰는 아들을 보며 마음이 아팠다. '내 품에서 떨어지기 싫어하는 아들을 이렇게 울리면서 직장을 계속 다녀야 하나!' 아들을 태운 봉고차가 시야에서 멀어졌을 때 참았던 눈물이 왈칵 쏟아졌다. '가족을 위해 어떻게 하는 것이 올바른 선택일까?' 수십 번도 더 고민했다. 선배 교사가 휴직하려 했다가 휴직이 아닌 퇴직을 하고 복직한 것을 보았기에 휴직은 엄두조차 내지 못했다.

청소년기에 접어든 아들은 자기만의 공간을 원했다. 방 3개가 있는 집으로 언제 이사하느냐고 자주 물어왔다. 초등학교 졸업할 때쯤 이사할 수 있다고 말했지만 지키지 못했다. 남편이 운영하던 사업이 IMF로 매우 어려웠다. 대출이자가 비싸서 내 집을 전세 놓고 작은 아파트 월세를 얻어 몇 년간 생활했다. 가족을 위해 악착같이 버티며 일했다. 남편도 낮에는 영업하고 저녁에는 영어 강사로 일했지만 역부족이었다. 결국 사업을 정리했다. 남편이 다른 일을 하면서 가정은 조금씩 안정을 찾아갔다. 첫째 아들이 대학 1학년 때 지금의 집으로 이사했다.

사춘기에 접어든 아들과 전쟁 같은 감정싸움이 시작되었다. 심성이 좋다고 생각했던 아들이 두 눈을 부릅뜨고 대들 땐 자식인데도 무서웠다. 내가 낳은 자식이 맞나? 이런 생각이 들 정도로 이해가 되지 않았다. 허구한 날 교회에 가서 울부짖었다. 언제 멈출지 모르는 감정싸움에서 벗어나고 싶었다. 그때 '아버지학교'를 수료하고 아들들을 대하는 태도가 이전과는 많이 달라진 남편을 보았다. 나도 남편처럼 변화되고 싶어서 '어머니 학교' 과정을 등록하여 주말마다 청주로 다녔다. 몸은 힘들었지만, 돌아오는 발걸음은 가벼웠다. 아들들에게 나타나는 많은 문제 중에서 내 잘못이 원인인 것도 있다는 사실을 깨달았다. 배운 것을 실생활에 적용하려고 노력했다. 늦게나마 어머니의 역할을 알게 되어 둘째 아들 사춘기는 첫째 아들보다 훨씬 심했음에도 불구하고 그리 힘들지 않았고 잘 지나갔다.

직장 생활을 한 지도 벌써 34년이 지나고 있다. 나 자신을 위해 일하기도 하지만, 가족을 위해 애썼다고 해도 과언이 아닐 듯싶다. 직장생활하면서 때론 힘든 과정도 있었지만, 그래도 가족이 있었기에 힘을 얻어 버텨낼 수 있었다. 가족을 위해, 나 자신을 위해 오늘도 주어진 하루를 소중하게 받아들인다.

나를 춤추게 하는 가족 교향곡

가족을 위해 하는 일

50대 김희정

서울에 상경하여 오빠와 올케랑 함께 살아가고 있을 때였다. 어느 날, 올케가 아들을 출산했고 아주 가까이서 갓 태어난 조카를 보고 있자니 생명의 고귀함 신비로움을 느낄 수 있었다. 몇 년 뒤 올케는 둘째 딸을 낳았다. 나는 또 한 번의 생명에 대해 소중함과 신비, 경이로움을 느낄 수 있었다.

그 무렵인지는 정확하게 기억이 나지 않는다. 어느 해 5월 8일 셋째 언니가 둘째 딸을 출산하였다. 언니의 시어머니도, 엄마도 산후조리를 해줄 수 없다고 하였다. 그래서였는지 엄마가 언니를 도우라 하였다. 곧바로 출산한 언니에게로 가서 미역국도 데워다 주고 조카의 똥 기저귀도 열심히 빨아대었다. 가톨릭 신자였던 나는 151번 성가를 부르면서 혼자 은혜로웠다.

주여 임하소서. 내 마음에 암흑에 헤매는 한 마리 양을 태양과 같으신 사랑에 빛으로 오소서. 오! 주여 찾아오소서. 내 피요 살이요 생명이요 내 사랑 전체여 나의 예수여 당신의 사랑에 영원히 살리라. 오! 내 주 천 주여 받아주소서. 내 나아가리라 주 대전에 성열로 씻으사 받아주소서.

거룩한 몸이여 구원에 성체여 영원한 생명을 내게 주소서.

　1년 후쯤일까, 올케가 셋째 막내딸을 낳았다. 퇴근 후 화장실에 씻으려고 가면 항상 조카의 똥 기저귀가 쌓여 있었다. 누구도 내게 똥 기저귀를 빨라고 시킨 사람은 없었다. 하지만 쌓여 있는 똥 기저귀를 보면서 자연스럽게 빨게 되었다.

　내가 고등학교를 졸업하고 대학에 원서를 접수한 후 잠깐 큰언니 댁에 가서 머무른 적이 있었다. 큰조카가 아마 백일쯤이지 않았을까 싶다. 그때에도 나는 조카의 똥 기저귀를 열심히 빨았던 것 같다. 지금 생각해 보면 요즘 아이들에게 조카의 똥 기저귀를 빨라고 하면 빨 아이들이 있을까 싶다. 물론 종이 기저귀를 사용하니 천 기저귀가 어떻게 생긴 것인지도 모를 수 있겠다.

　우리는 이렇게 가족이라는 보이지 않은 끈끈한 연결감으로 누가 시키지 않아도 알아서 척척 했던 것 같다. 때로는 요청하기도 하고, 요청을 받아들이기도 하면서 혈육의 정(情)을 나누고 살아가는 것을 미덕(美德)으로 여겼다. 가족이니까. 가족을 위하여 무언가 도움이 된다면 그래야 한다고 생각을 하는 것이 인지상정(人之常情)일 테니까. 나처럼 조카들의 똥 기저귀를 많이 빨아댄 고모나 이모가 있을까 싶다.

　조카들이 많다 보니 결혼하여 아이를 출산한 조카도 있고, 임신을 학수고대하며 노력 중인 조카도 있다. 물론 결혼하지 않은 조카들도 있다.

언젠가 때 되면 결혼도 하고 아이도 낳겠지. 조카들이 아이를 임신하고 출산하고 양육할 때 충분히 좋은 부모로서 역할하기를 기도하여 본다. 성가를 부르며 똥 기저귀를 빨아대던 그때처럼. 가족이니까. 고모이니까. 그리고 이모이니까.

가족을 위해 하는 일

50대 신유정

긍정적인 마음과 상황을 직시하며 지혜롭게 상황을 헤쳐 나가는 것, 노후를 즐기기 위한 건강관리가 가족을 위해 내가 하는 일이다. 인생을 열정적으로 사는 모습, 시련이 와도 주저앉지 않고 일어서서 다시 앞으로 나아가는 태도도 내가 가족을 위해서 하는 일 중 하나이다.

아침 5시에 일어나 남편 출근 시간에 맞추어 솥 밥을 하고 국과 반찬을 매일 준비하며 신혼을 보냈다. 그때는 그렇게 하는 것이 당연한 일이라고 생각했다. 가족을 위해서 하는 일이 밥, 빨래, 청소만 있다고 생각하며 살지는 않았지만, 가족들의 건강을 위한 중요한 일을 하고 있다고 생각했다.

신혼 때 친구들을 만나고 집에 오면 남편은 불편한 모습을 보였다. 아침에 출발해서 오후 늦게 오는 것을 남편은 이해 못 했다. 싸울 때는 내 감정을 밖으로 표출하지 않고 참았다. 시간이 지나도 같은 문제로 남편과 언쟁하게 되면서 이런 언어방식으로는 안 되겠다고 생각하며 나 전달법을 사용했다.

남편과의 대화는 쉽지 않았다. 받아주지 않았다. 포기하고 싶었다. 몇

나를 춤추게 하는 가족 교향곡

번의 시행착오를 거치면서 "당신이 불편한 말을 할 때 나는 상처를 받아 마음이 아파요. 그렇게 말하지 않아 주었으면 좋겠어요."라고 부탁했다. "알았어"라는 남편의 말에 "고맙습니다"라고 했다. 남편과의 대화는 대체로 이렇게 끝났다. 처음에는 나의 입장에서 말을 했다. 그러다 보니 관계는 좋아지지 않았다.

화를 내고 다시 얼굴을 볼 때 웃으면서 말할 수 있을 정도로만 화를 내자. 내 감정만이 중요한 것이 아닌 남편의 감정도 읽어줘야 한다. 명령이 아닌 부탁의 어조를 사용하면서 남편과의 관계가 좋아졌다.

남편과의 대화가 감정싸움으로 번지지 않기 위해 나에게 원하는 것이 무엇인지 파악하고 존중해주며 대화할 때 예의는 지켜진다. 남자와 여자는 다르다. 남자는 존경을 받고 싶어 하고 아내는 사랑받고 싶어 한다. 서로 충족되지 않았을 때 부부싸움이 일어난다. 어려운 상황에서 의지를 갖고 건강한 모습으로 우리 가족 품으로 돌아온 남편을 존경한다.

가정은 작은 사회이다. 가족과의 소통이 중요하다. 일방적일 수는 없다. 쌍방이 서로 소통해야만 한다고 생각한다. 내가 가족을 위해서 하는 일 중 하나로 지금도 노력 중이다. 남편이 외출할 때 현관에서 배웅하고 저녁에 돌아온 남편에게 "잘 다녀오셨어요?"라는 말로 반갑게 맞이한다. 귀가한 남편의 얼굴에 환한 미소가 퍼진다.

남편과 아이들의 밝은 미소는 나를 행복하게 한다. 남편과 두 아들이 가정 안에서 소중한 사람이라는 것을 느끼게 해주고 싶다.

40대 권정란

내 가족을 위해 특별히 하는 일이 쉽사리 떠오르지 않는다.
그저 엄마로서, 아내로서 역할을 할 뿐….

5년 전 워킹맘으로 살 때는 나를 위한 시간을 보내지 못했다. 일을 그만두고 주부의 삶을 살면서 몸과 마음이 나보다는 가족을 위해 할애다. 나의 육체는 가족을 위해 따뜻한 밥을 짓고, 깔끔하게 청소하고, 옷을 세탁하는 일을 위해 움직였다. 나의 마음은 아이들과 남편의 마음이 편안할 수 있게 적당히 고요하다. 너무 무거운 분위기일 때 아이들에게는 장난을 먼저 거는 장난꾸러기 엄마로, 지친 남편에게는 고맙다는 말로 마음을 위로해준다.

고소한 밥 냄새가 나는 평화롭고 따뜻한 우리 집.
지금 이런 삶이 좋다.

늘 무언가를 해왔는데, 내가 가족을 위해 아무것도 하지 않는 느낌이 드는 건 왜일까?
너무 당연한 듯이 나를 소비하고 있었던 것은 아닐까?

그저 가족에게 받는 것만 같아서, 아이들에게 더 많은 것을 해주지 못하는 것 같아서 미안하기만 했다. 그렇게 '고맙고 미안하다'라는 말이 꼬리를 물어 친정엄마가 늘 했던 말이 생각났다.

"부족한 부모 만나서 너희들이 고생이 많다. 항상 고맙고 더 많이 못해줘서 미안해."

그래서 친정엄마도 나에게 그렇게 고맙고 미안하다고만 하셨을까? 늘 많은 것을 해주시는데 아무것도 해준 게 없어서 미안하다고. 그저 존재 자체로도 힘이 되는데, 그대로 건강하게 내 옆에 계셔주시는 게 가족을 위한 게 아닐까.

그럼 나 또한 존재 자체가 가족을 위한 일이 될 수도 있겠구나.
가족은 서로의 존재 자체가 서로를 위한 일이 되겠구나.

'지금 여기, 내 자리에 그대로 있는 내가 고맙다!'
'우리 가족 모두 그 자리에 있어 줘서 고맙다!'

더 많은 일을 하지 않아도,
더 많은 말을 하지 않아도,
그저 곁에 있어 주는 가족이 있어 행복하다.

내 가족을 위해 내가 하는 일,
그저 곁에 있어 주는 일.

가족을 위해 하는 일

50대 이온주

　나에게 가족 하면 떠오르는 것은 아들딸의 교육이다. 내가 하지 못한 공부, 우리 부부가 하지 못하는 공부를 아들딸에게는 해주고 싶었다. 아이들이 배우고 싶은 것이 있다면 우리 부부는 최선을 다해 가르치려고 했다.

　아들딸의 교육에는 최소비용으로 최대효과 내야 한다는 경영철학을 교육에 접목을 시켰다. 왜냐하면, 돈을 생각하면 아들딸의 교육을 할 수 있는 형편이 아니었기 때문이다. 반지하 14평 빌라에 살면서 아들과 딸은 예체능을 했다. 딸은 피아노를 전공했고 아들은 유도를 전공했다. 누가 들으면 돈이 많아서 예체능을 했을 것으로 생각할지 모른다. 하지만 좋은 선생님을 만나면 돈이 아니어도 배울 수 있다고 생각을 하고 전략을 짰다.

　다행히 딸은 좋은 레슨선생님을 만났다. 그분은 어려운 가정 형편을 아시고 레슨비를 최소로 받으며 딸을 가르쳐 주셨다. 선생님의 배려에 감사함을 표현하고자 딸의 레슨 시간에 따라갔었다. 레슨이 끝나기를 기다리고 있는 동안 선생님 몰래 설거지와 화장실 청소를 했다. 레슨을 마치고 나온 선생님은 설거지 한 것을 보고 놀라 말씀하셨다.

"어머니, 레슨비를 적게 받는다고 해서 소홀히 가르친다는 생각은 하지 말아주세요."

"저는 선생님께 감사하는 마음이 크다 보니 제 마음을 이렇게 표현한 것입니다."라고 내 마음을 전했다. 그 인연이 이어져 아이는 6년간 피아노를 배우면서 대학에 가고 유학을 갔다. 지금까지도 감사한 마음을 갖고 가끔 안부를 전한다.

아들은 유도부가 있는 중학교에 진학했다. 체급이 작아서 경량급이었고 운동을 곧 잘했다. 아들에게도 최소비용으로 최대효과를 낼 방법을 고민해야 했고 아들을 운동시키는 데에도 나름대로 전략이 필요했다. 대회에서 아들이 메달을 따오면 집에서 삼계탕을 정성껏 준비했다. 준비한 음식을 학교 체육관에 펼쳐놓고 코치 선생님과 아이들에게 대접했었다. 보통 아빠들은 아들이 메달을 따오면 감독님과 식사도 하고 아이들 회식도 준비해 주었다. 그동안 열심히 했다는 표상으로 말이다. 하지만 우리 부부는 그렇게 단 한 번도 하지 않았다.

나의 사랑과 정성이 들어간 음식을 나눠주니 아이들과 코치님들께서 좋아해 주셨다. 이렇게 나는 감독님들에게 식사 대접을 하지 않았지만, 아들은 체고에서 인하대까지 입학하는 쾌거를 안겨주었다. 자식 교육에도 돈이라면 다 된다는 부모들이 있다. 그렇지만 돈이 아니어도 선생님들에게 존경과 감사하는 마음을 갖고 자식들을 키운다면 그것만큼 좋은 교육이 없다고 생각한다.

아들딸을 가르쳐주신 여러 선생님께 감사한 마음을 많이 갖고 있다. 그렇다 보니 딸이 유학을 가고 없지만, 대학교 교수님께 감사함을 전하고 싶어 방앗간에 가서 쑥떡을 준비해 교수님께 갖다 드린 에피소드도 있다. 한 번 스승은 영원한 스승이므로 존경과 감사한 마음을 품고 살고자 한다.

가족을 위해 하는 일

40대 장희선

나는 평상시에 동생네 집에 가는 것을 즐겨한다.

일상에서의 탈출이기도 하고 동생네 가는 것 자체가 여행하듯 놀러 가는 의미가 있기도 해서 그렇다. 차로 30분. 왕복 한 시간 정도의 시간. 도착해서 동생과 놀다 보면 하루의 시간은 금방 지나간다. 그런데 문제는 우리 집은 계속 어질러져 있다. 놀러 갈 때가 아니라 집을 계속 치워도 시원찮은 상태다. 몇 년간 방치되어 있다. 작은 집으로 이사 와서 짐이 많아서이기도 하지만 무기력 무력감도 한몫하여 손을 대보다가도 포기하고 마는 일이 수도 없다.

정리해 보려고 정리 관련 책을 읽고 정리 큐레이터 자격증을 따보기도 하고 정리에 관한 전자책을 두 권이나 내고서도 우리 집의 상태는 반짝 좋아지기는 하나, 별반 나아지지 않는 중이다. 왜 그럴까, 왜 집에 관한 한 일이 진척되지 않을까 쌓여 있는 책 어지러운 살림살이 비우지 못한 쓰레기 등등.

"나는 설거지를 해야 한다가 아니고 할 수 있다!"
"나는 청소를 해야 한다가 아니고 할 수 있다!"

외쳐 보아도 좀처럼 나아질 기미가 보이지 않는다.

음식을 한다거나 뭔가 새로운 일을 하려면 큰맘을 먹어야 하니 시도하는 것도 쉽지 않다.

어느 날이었다.

TV에서 모 연예인의 아들이 나와서 새엄마에 대해 자랑하는 이야기를 들었다. 새엄마가 집안을 호텔처럼 만들어준다는 것이었다. 그 이야기를 들으니 나도 우리 집을 호텔처럼 꾸미면 어떨까 싶었다. 호텔 같은 집에서 아이와 남편이 집에 들어와서 몸과 마음이 푹 쉬면서 에너지를 충전하면 참 좋겠다는 마음이 들었다.

지금의 집은 아무도 편히 쉬지 못하는 지경이니 말이다. 그래서 요즘 나는 본업에 충실하다 못해 집중하고 있다. 호텔 만들기 미션을 실행 중이다. 홈 호텔이 완성되는 날 눈이 동그래지고 기뻐하며 좋아할 남편과 아이를 위해서 말이다. 그러기 위해서는 동생네 놀러 가는 것은 좀 줄여야 할 듯하다. 우리 집을 호텔처럼 만들고 동생이 우리 집에 놀러 오면 어떨까 싶다.

오늘도 우리 집을 열심히 치워 내고 있다. 잡동사니들과 하나하나 이별하고 있다.

쉽지 않은 일이지만 해내는 나를 보니 칭찬해 주고 싶다.

화이팅!

나를 춤추게 하는 가족 교향곡

가족을 위해 하는 일

50대 홍현정

　부모님의 기대와 나 스스로의 책임감으로 내 할 일 하면서 대기업에 취직이 되고 하고자 하는 대로 거침없이 해나갔다. 그런 나에게 부모님은 아낌없는 찬사를 보내셨다. 기대에 실망하게 하고 싶지 않아 꾸준하게 좋은 습관들을 하나씩 하나씩 만들어 갔다. 나의 루틴이 곧 나를 만들고 그것이 우리 삶을 만들어 줄 거라는 믿음이 있었다.

　건강해야 하고 싶은 걸 끝까지 할 수 있다는 생각을 가진 건 10대 때부터였다. 특별하게 음식을 가리는 건 없었지만 서울 태생인 나는 집밥을 좋아한다. 자연스레 집에서 만드는 걸 선호했다. 아이들에게도 꼭 갖춰서 먹을 것을 알려주었고 나도 노력했다. 먹거리의 중요성을 알기에 우리 집 세 남자가 싫어해도 조금씩 조금씩 건강한 먹거리를 준비하고 권하는 생활을 한다. 가족은 내 삶의 중심이다. 결혼 전 친정이 삶의 중심이었다면 결혼 후 남편과 만들어 가는 가정은 또 다른 영역이다.

　세월이 많이 흘렀다. 지금 가족의 먹거리는 내가 원하는 방향으로 많이 따라와 주었다. 건강을 잘 챙겨야 오랫동안 하고 싶은 일을 할 수 있다는 생각으로 먹거리 하나하나 가볍게 생각하지 않는다. 감사하게도 나는 크게 편식하지 않는다. 우동 정도의 면발이 싫고 국수를 많이 좋아하지 않지만 다른 것은 가리는 게 전혀 없다. 친구가 한방에 관해 공부할 때 한약재에 대하여 자연스럽게 배우게 되었다. 경동 시장에 가서 구기자와 몇 가지 약재를 사 와 집에서 음식을 할 때는 유용하게 사용했다. 구기자를 고기 수육 만들 때 잡내 제거와 몸에 활력을 주기에 잘 사용한다. 항노화 작용을 하고 만성피로에 좋다. 특이한 향이 나지 않아 더욱 좋다.

또 하나는 길경이라고 불리는 도라지다. 감기가 인후염으로 오는 아들을 위해 슬라이스 된 도라지 말린 것을 사다 놓고 요리할 때 자주 사용한다. 도라지는 호흡기 관련에 좋다. 호흡기 질환인 천식, 폐렴, 기관지염, 인후염 등에 좋아서 갈비를 재거나 할 때 함께 한 움큼 넣고 음식을 만들면 면역력이 떨어져 발생하는 것들도 예방할 수 있고 기관지염에도 크게 도움이 된다.

몇 년 전부터는 고추장을 만들어 먹는다. 사 먹는 것에는 방부제가 들어있고 집에서 만드는 것보다는 덜 안전하기에 한살림에서 고추장 만드는 법을 배웠다. 간단하고 1번 만들면 1년 동안 먹을 수 있다. 아버지에게도 갖다 드리고 친구에게도 줬더니 반응이 좋다. 고추를 사서 빻은 것과 메줏가루와 물엿, 소금, 생수, 그리고 마늘 고추장엔 마늘이 필요하고 매실 고추장엔 매실 엑기스가 필요하다. 건강 고추장은 김치냉장고에 보관하며 고추장 위엔 김 한 장을 올려놓으면 일 년 동안 마음 놓고 먹을 수 있다.

10가지 정도의 한약재를 늘 준비해놓고 음식에 따라 사용하고, 또 차로 끓여 먹으면 건강관리에 크게 도움이 된다.

가족을 위해 하는 일

60대 유유정

아이들 둘을 키우면서 질서와 규칙은 잘 익혀 주려고 했던 기억이 있다. 습관으로 만들어지는 성품과 삶이 인생을 만들지 않을까? 하는 생각을 하게 되었다. 유치원에 다니면서 초등학교에 다니기까지의 아이들의 습관은 중요하다는 생각을 하게 되니 한 치의 허용도 없이 아이들의 습관을 내 뜻대로 맞추어 가면서 키워왔다. 어린 나의 개인적인 생각으로 말이다.

시간이 흐르고 세월이 흘러 아이들이 성인이 되어 내가 하던, 아이 키우기를 내 딸들이 하고 있다. 지금의 부모들은 맞벌이로 내가 아이들 키우던 부모 시대와 전혀 다른 방법으로 바뀌었다. 아이를 낳으면서 산후 조리원에 입원하고 각종 영양소가 들어있는 식단과 몸 관리 영아 키우는 방법 등을 배우며 몸조리하는 모습이 참으로 좋아 보인다.

나의 큰딸이 지금 내가 하던 아이 키우는 일과 워킹맘으로 열심히 살아가는 신통방통한 어른이 되어 가고 있다. 예전에 난 생각도 못 해본, 아이를 키우면서 직장을 다닌다. 직장의 일도 열심히 하는 모습이고 아이들도 잘 키우는 딸을 위해 손자 손녀를 짬짬이 돌봐주어야 한다. 아가들이 어릴 때는 내 손이 많은 일을 했다. 잠시도 아이에게서 눈을 떼면 안 되는 시기가 있다. 그 시기를 어려움 모르고 손자 손녀를 키워냈다.

하지만 아이만 키우는 할머니는 되고 싶지 않았다. 그래서일까? 난 무엇인가를 계속 찾고 도전하려 했다.

꿈을 꾸고 있으면 이루어진다? 많은 이들이 외침을 보고 듣고 살아왔다. 나에게도 하고 싶은 일이 있고 꿈이 있다. 그러나 현재 상황을 보면 아무것도 할 수 없는 나의 현실이었다.

아기를 돌보면서 무엇을 할 수 있나? 막연하지만 잠시도 쉼 없이 이어지는 생각과 실행이었다. 운동도 하고 댄스를 배우면서 악기를 배우며 짧은 시간이지만 요긴하게 시간 쓰임을 잘하며 아기들을 돌봐주면서 나의 길을 찾아본다. 직장을 다니며 살림과 공부를 병행하면서 수많은 자격증 취득을 준비해놨다. 자격증을 사용해야 하는데 기회를 못 잡고 있었다. 그 틈을 타서 우리 아가들을 돌보게 됨이었다. 아가들을 돌보는 일도 즐겁고 재미있게 돌봐 준 기억이다. 씩씩한 할머니가 되기를 다짐하면서 주어진 일들을 해냈다.

집에는 남편의 끼니를 준비해야 하고 딸 집에서도 아가들 가족과 먹을거리를 준비해야 한다. 내가 해야 할 일이 가장 우선으로 해야 하는 일이다. 보수를 받고 아기를 돌봐준다지만 용돈을 주는 대로 받고 하기는 내 시간이 너무 무의미함을 느낀다. 돈 때문에 아이를 본다면 어느 할머니든 볼 수 없을 것이다. 지금은 아이들이 학교에 간다. 나의 일 하면서 아이들 아침을 챙겨 학교에 보내고 바쁜 일정을 쪼개어 하루하루를 살아가며 생각하게 된다. 내가 이렇게 바쁘게 살아도 될까? 여유 있는 삶으로 살아볼까? 갈등을 일으킨 때도 있다.

나를 춤추게 하는 가족 교향곡

"현재 이 시간은 일하기 제일 좋은 시기야." 좀 더 있으면 하고 싶어도 못 하는 일이다. 그 어떤 일도 지금이 지나면 시작을 할 수도 없고 시작을 하더라도 제대로 잘할 수가 없다는 것에 인정하고 싶다. 현재를 최대한 즐겁게 일도 하고 가족을 위해 일을 할 수 있는 기회라고 다시 생각한다. 일을 할 수 있는 건강이 나를 지켜 주어서 감사하고 오라는 곳도 있어, 행복하고 갈 곳이 있어서 즐겁다. 현재 나를 사랑하고 내가 하고 있는 일은 나에게 축복이다. 어르신들과 즐거운 나눔을 하며 공감하는 시간은 나의 미래를 행복하게 만드는 지름길이라 여긴다. 나 자신의 인생을 만들어 가는 여정에 꽃길이 펼쳐지기를 기원하는 바이다.

가족 하면 떠오르는 것

가정이야말로 고달픈 인생의 안식처요
모든 싸움이 자취를 감추고 사랑이 싹트는 곳이요
큰사람이 작아지고 작은 사람이 커지는 곳이다.

-허버트 조지 웰스-

가족 하면 떠오르는 것

40대 강은혜

가족 하면 떠오르는 것은 '따스함'이었으면 한다.

어린 시절에 내가 꿈꾸던 가정이 있었다. 그렇지만 우리 집은 늘 뭔가 '우당탕탕' 했다. 아빠가 술을 드신 날이면 동생과 이불 속에서 숨죽여 울며 절규하듯 기도했다. "아버지, 당신이 원하던 가정의 모습은 이게 아니잖아요. 저는 꼭 따스한 가정을 이루게 해주세요." 그리고 내가 꿈꾸는 가정의 그림을 어렴풋이 그렸다. 나는 피아노, 남편은 기타 그리고 아이들도 하나씩 악기를 들고 함께 노래하는 그런 상상이었다.

한동안 그 그림을 잊고 있었는데 오늘 우리 집 거실에서 아들 둘이 노는 모습을 보며 감사했다. 큰아들이 피아노를 치고 있는데 둘째 아들이 그 곡조에 맞춰 리듬을 타며 춤을 추고 있었다.

"아, 행복하다."

'소확행,' 소소하지만 확실한 행복이라는 뜻의 요즘 유행하는 단어이다. 사람들은 어느새 부와 명예보다 우리 인생에서 중요한 것들이 소소한 행복이었다는 것을 알아가는 것 같다.

큰아들을 키울 때는 정신이 없었다. 서툴러서 늘 모든 것이 어려웠고 아들이 울면 나도 함께 우는 그런 초보 엄마였다. 그래서 큰아들에게는 늘 미안하다. '아들아, 미안해 엄마도 엄마가 처음이라서 그랬어.' 둘째 아들을 키울 때는 달랐다. 아이가 울면 "괜찮아, 괜찮아"하고 안심시켜 줄 수 있는 엄마가 되었다. 그래서 첫째와 달리 둘째는 오래 울지 않았다. 엄마의 몇 마디면 금방 안심하고 눈물을 그치곤 했다.

우리 가족을 생각하면 뺑뺑이 안경을 쓰고 두꺼운 책을 한쪽에 끼고 있는 큰아들, 그리고 장난스러운 미소로 우리를 웃겨주는 둘째 아들이 생각난다.

늘 책을 좋아했고 FM이어서 학교에 가면 공부를 잘하는 우등생으로 남들이 다 부러워하는 아들이 될 줄 알았지만, 큰아이는 어딘지 엉뚱한 주장을 하곤 한다. 시험공부를 좀 하랬더니 나를 향해 웃으며 말한다. "엄마, 난 나를 너무 사랑해서 내가 행복했으면 좋겠어요." 이 엉뚱한 행복 우선주의자를 미워할 수가 없다.

둘째는 '엄마바라기', '엄마 껌딱지'로 세상에서 엄마가 가장 예쁘다고 말해주는 못 말리는 로맨티스트다. 남편에게 애정 표현을 좀 해 달라고 하면, 자신을 꼭 닮은 아들이 대신해 주니 만족하고 포기하라고 한다.

둘째는 꽃반지를 만들어 "저와 평생 함께해 주시겠습니까?" 하고 고백 하더니만 얼른 심각하게 다시 묻는다. "엄마, 근데 나 엄마랑 평생 함께 하려면, 결혼을 못 하는 거야?" 엄마는 부모라서 결혼을 해도 몸이 같이

나를 춤추게 하는 가족 교향곡

있지 않아도 평생 함께할 수 있는 거라고 알려주니 그제야 안도의 한숨을 쉰다.

 언젠가 저 꼬마 로맨티스트도 내 품을 떠나겠지? 우리 아이들이 새로운 가정을 이루었을 때 우리 가족을 떠올리며, 나도 이런 가정을 만들고 싶다고 생각하는 그런 가족이 되고 싶다. 우리 가족의 성장은 지금도 현재진행형이다.

가족 하면 떠오르는 것

30대 이선미

타지에 살다가 한국에 돌아온 지 얼마 안 되었을 때, 지인이 아이들 보라고 책을 몇 권 선물했다. 그중 하나는 한국어가 부족한 아이들을 위한 『첫 속담 사전』이었다.

가나다순으로 시작되는 속담 책 몇 장을 펼치다 보니, 아이들이 어렸을 때 제주도 여행하다가 '귤 부자'가 되었던 기억이 떠올랐다. 성산일출봉에서 내려와 다음 목적지로 가능 중이었을까? 갑자기 첫째 아이가 화장실에 가고 싶다고 했다. 주위를 둘러보니 주유소는 없고 길가에 귤을 파는 가게가 몇 군데 있었다. 잠시 멈추어 귤도 사고 화장실을 다녀왔다. 둘째 아이에게도 화장실을 가자고 했지만, 괜찮다며 귤을 까먹는다. 다시 차를 타고 30분쯤 지나니 둘째 아이가 배가 아프다고 한다. 이번에는 화장실을 가기 위해 들른 곳에서 한라봉을 샀다. 그리고 셋째 아이의 기저귀도 갈았다. 편안한 마음으로 다시 차에 올라타니, "뿡~"하는 천둥소리가 들리고, 이내 스멀스멀 냄새가 올라온다. 그렇게 우리는 귤 부자가 되었다.

'가지 많은 나무에 바람 잘 날이 없다'라는 속담은 자식이 많은 부모에게는 걱정할 일이 끊이지 않고 생긴다는 뜻이다. 세 자녀와 함께 사는

나를 춤추게 하는 가족 교향곡

것이 육체적으로나 정신적으로 왜 힘들지 않겠는가? 하지만 나는 내 가지들이 너무 사랑스럽다.

어느 날 저녁을 먹고 나서 거실에서 시끌시끌한 세 자매에게 말했다. "오늘 엄마가 어깨와 허리가 아픈데 혹시 마사지샵을 열어 줄 수 있을까? 엄마가 설거지를 마치고 갈게." 엄마의 부탁에 세 자매는 분주해졌다. 첫째 아이는 사인펜을 가지고 오더니 마사지샵 간판을 만들어서 방문에 붙인다. 둘째 아이는 마실 물을 떠 놓고 엄마의 설거지가 끝났는지 기웃거린다. 셋째 아이는 첫째 언니 옆에서 침대를 정리하고 마사지할 준비를 한다. 손아귀 힘이 제법 세진 첫째 아이의 마사지를 기대하며 물었다. "마사지 비용은 얼마인가요?", "음, 얼마로 할까? 10분에 1,000원입니다." 설거지를 다 하고, 빨래를 정리하고 있으니 아이들이 왜 안 오냐고 성화다. "이것만 마저 정리하고 갈게, 기다려줘." 그때 둘째 아이가 내 손에 뭔가를 쥐어 준다. 아이의 작은 손에는 3,000원이 들려 있다. 아이들의 마음과 행동에 오히려 내가 감동한다. 마사지를 받고 아이들의 예쁜 마음에 넉넉히 마사지 비용을 냈다.

가지가 많으면 어떻고, 바람이 조금 불면 어떠한가? 나는 우리 가족의 크고 곧게 뻗은 웅장한 나무가 되고 싶다. 바람에 가지가 흔들리거나 나무 위에서 새가 지저귀어도 부러지지 않도록 중심을 잘 잡은 그런 나무. '가족'이라는 말을 들으면 아이들과의 행복한 순간이 떠오른다.

가족 하면 떠오르는 것

50대 정서인

코로나19로 인해 세상이 어수선할 때 우연히 동기부여 강사의 강연을 통해 필독서인 『일독 일행 독서법』을 읽었다. 손에 리모컨 대신 책을 잡기 시작한 계기가 되었다. 책 근육을 길러 1년에 100권 읽어보는 경험도 했다. 살아있는 책 읽기가 삶의 변화를 부른다는 『본·깨·적』의 저자 말처럼 나에게도 삶의 변화가 찾아왔다.

독서를 통한 간접경험은 물론이고 내 마음이 한 뼘씩 자라는 것 같다. 책을 읽을 때마다 나의 무지함을 깨우친다. 마음을 집중하여 책을 읽고 있노라면 잔잔한 호수처럼 마음이 평화롭다. 어디를 가든 필수품이 되어버린 책은 나에게 힐링 그 자체다. 독서를 하면서 내 삶에 대해 깊이 생각해보는 시간을 가졌다.

두 아들을 양육하며 시행착오를 많이도 겪었다. 남모르는 아픔과 고통이 있었다. 내 상처가 내 사명이 될 수도 있음을 뒤늦게 깨달았다. 단 한 사람이라도 내 글을 읽고 힘을 얻는다면, 그 일을 하고 싶었다. '책 쓰기 특강'을 온라인으로 들으면서 새로운 세계를 경험했다. 출간 기획서를 작성하여 투고하고 출판사랑 계약도 했다. 이 모든 일이 내겐 낯설었지만 신비로운 경험이었다. 하지만, 책을 출간하는 일이 말처럼 쉽지 않

나를 춤추게 하는 가족 교향곡

앉으며, 쉼의 시간을 보내고 있을 무렵 공저에 참여할 기회가 찾아왔다.

13명의 예비 작가가 각자 다른 공간에서 열심히 글을 썼다. 하나의 주제를 두고도 글의 색깔은 13가지였다. 표지와 제목은 물론이고 부제까지 함께 의논해서 결정했다. 늦은 밤 줌으로 만나 토의하며 하나하나 이루어 가는 모습은 경이로웠다. 함께한 힘이 컸다. 결국, 몇 달 전에 『괜찮은 오늘, 꿈꾸는 나』라는 제목으로 첫 책이 출간되었다.

남편은 탈고할 때 교정작업을 해줄 정도로 든든한 아군이었다. 첫째 아들은 엄마가 작가가 되었음을 동료 직원에게 자랑했다고 하며 좋아했다. 둘째 아들은 책을 읽고 정성껏 후기를 보내주었다.

'엄마가 엄마이길 처음이었듯, 더 좋은 엄마가 되기 위해 노력해 왔고, 밥 먹고 다니라는 그 말 한마디에 아들을 사랑하는 엄마의 짙은 마음을 알 수 있었고 참 따뜻했다.'

아들이 보내준 글을 읽는 내내 마음이 따뜻해지면서 행복했다. 여든을 바라보는 시어머니는 작은 글씨로 인쇄된 책을 모두 읽고 환하게 웃으며 말씀하셨다.

"아이고! 책 쓰느라 애썼다. 나도 책 쓰고 싶어지네!"

또 다른 주제로 봄 작가가 될 준비가 한창이다. 내가 하는 일을 늘 지지해주는 든든한 가족이 있기에 꿈틀거리는 꿈을 마음껏 펼쳐 낸다. 주어진 삶에 충실하며 독서와 함께 글을 쓰면서 하루를 마무리한다.

가족 하면 떠오르는 것

50대 김희정

아들이 네 살, 딸이 한 살 때였다. 우리 가족은 시댁의 3층 주택에서 살았는데 시어머니는 3층 우리 가족은 2층 뒤편에 살 때였다. 아침에 시어머니에게서 연락이 왔다. 당신 몸이 아프니 올라와서 아침을 차리라는 말씀이셨다. 나는 네 살인 아들에게 말을 한 후 현관문을 닫고 나왔다. 아침을 한참이나 챙기고 있는데 밖에서 아이 울음소리가 들렸다. 누가 우나 싶어서 현관문을 열어보니 아, 글쎄 아들이 기저귀 가방을 들고 한 살 여동생을 질질 끌고서 3층 계단 앞에 서 있는 것이 아닌가. 얼른 뛰어나가 딸을 안고 아들을 데리고서 3층으로 들어왔다. 아들이 챙겨 온 가방 안을 보니 기저귀가 있었고 분유를 탄 젖병이 있었다. 동생을 위하여 기저귀와 젖병을 챙겨 온 아들이 너무나 기특하였다.

딸이 만 18개월이 넘자 어린이집에 보내고 나는 직장에 나가게 되었다. 부모님으로부터 배운 것이 투철한 책임감이었기에 회사에 애사심을 가지고 다니고 있을 때였다. 딸이 아파서 병원과 약국을 다녀야 할 때 일곱 살인 아들에게 동생을 데리고 두 곳을 다녀오게 하였다. 아들은 부탁한 일을 거뜬히 해냈다. 어느 쉬는 날에 나는 딸을 데리고 병원과 약국을 다녀오게 되었다. 병원에 가서 진찰하고 주사를 맞히려고 하자 딸이 울기 시작하였다. 이때 간호사가 말하길 "어머, 오빠랑 올 때는 울지도 않

나를 춤추게 하는 가족 교향곡

고 잘도 맞더니 엄마랑 오니까 우는 것 좀 봐."라고 하는 것이었다. 마음 한쪽이 아려왔다.

이렇게 아들은 동생을 잘 챙겨 주었다. 생각해보니 아들은 내 옆에서 참 많이도 딸의 양육을 도와주었다. 그네도 밀어주고 유모차도 밀어주고 분유도 타서 먹여주고. 오빠로서의 역할을 잘해 낸 아들이 참 많이 고맙다.

어느덧 아들과 딸은 성인이 되었고 내년에 아들이 결혼한다고 한다. 몇 년 후 딸도 결혼하겠지. 각자가 결혼하여 자기네 살림을 살 때도 오누이로서의 우애(友愛)를 가지고 살아갔으면 하는 바람이다. 남매 가족끼리 오손도손 서로 챙기고 도우며 사는 것. 이것이 바로 가족이지 않을까 싶다. 따지지 않고 실수도 눈감아 주면서 보듬어 주고 함께 가는 것이 험한 세상을 살아갈 때 서로 기대며 힘이 되어 줄 수 있는 그런 피붙이 형제, 자매, 남매가 있다면 마음만은 참으로 따뜻한 부자가 아닐까 싶다.

가족 하면 떠오르는 그림. 서로서로 보듬고 양보하며 이해하고 다독이며 가는 것. 내 아이들 만큼은 이 그림이 멀리 있지 않기를 바랄 뿐이다.

가족 하면 떠오른 것

50대 신유정

따르릉 따르릉, 전화벨 소리가 울린다.

"내가 갈 테니 너는 나갈 준비 하고 있어."

친정엄마의 목소리가 전화기 너머 들린다. 고마움과 미안한 마음에 "괜찮아요. 엄마. 오시지 않아도 돼요."라고 했지만, 엄마에게 들리지 않는 듯 전화기 너머 엄마의 목소리가 더는 들리지 않았다.

아들 둘 산후조리를 해주신 친정엄마는 "내가 더 나이 먹기 전에 빨리 하나 더 낳아라."라고 하셨다. 둘째가 돌 때가 될 때까지 친정엄마는 우리 집으로 오셔서 두 아들을 돌봐주셨다. 친정엄마는 내가 집에서 두 아들을 키우는 것도 좋지만 밖에 나가 배우고 활동하는 모습을 원하셨다.

둘째 두 돌이 되던 해 지역 여성 비전센터 비디오 촬영프로그램을 배우고 싶었던 나는 친정어머니의 도움으로 그 프로그램을 수강하였고, TV에 나오는 다양한 장면을 찍는 비디오 촬영을 배웠다. 가을에 잎이 떨어질 때 바닥에 누워 낙엽을 촬영하며 허공을 돌고 착석하며 줌과 아웃으로 음악 영상을 만들기도 했다. 수강하면서 영상을 만들어 약간의 수입을 얻기도 하고 '돌' 비디오 영상을 만들어 지인에게 선물도 하였다. 지금도 '돌' 비디오 영상 테이프를 가지고 있다는 지인의 말에 친정엄마

나를 춤추게 하는 가족 교향곡

를 떠올리게 된다.

"엄마! 엄마 덕분에 하고 싶었던 것, 배우고 싶었던 경험을 많이 할 수 있었습니다. 감사합니다."

"가족은 가족 안에서 특별한 의미를 만들어 간다."라고 말하는 큰아들과 "가족은 '안정감'을 준다."라고 말하는 둘째 아들이 떠오른다.

사업 실패를 하고 힘들어하는 나에게 남편이 울지 말라고 말해준다. '미안해'라는 말도 더는 하지 말라고 한다. 힘든 시간이 빨리 지나가기를 바라면서 하루하루를 보냈다. 나의 선택을 응원해주고 지지해주는 남편과 아이들이 있어 나의 삶은 변하기 시작하였다.

나는 여러 방향에 도전하고 있으며 다양한 활동을 하고 있다. 새로운 것에 대한 끊임없는 도전과 작은 성공을 보고 자란 큰아들은 배울 점이 많다고 한다. 하지만 큰아들이 보기에 내가 하려고 하는 것에 연결고리가 없어 보인다고 한다.

내가 설계한 나의 인생 그래프를 아들이 이해하기는 쉽지 않다는 것을 알고 있다. 그런 나의 모습을 보면서 스스로 연결고리를 찾으려 노력하고 있단다. 나는 아들의 선택을 존중한다.

"엄마의 끊임없는 도전, 여러 가지 어려운 상황에서도 다시 시작하는 모습과 아버지의 성실함을 통해서 부모님을 존경합니다."라는 큰아들의 말에 고마운 마음과 미안한 마음이 든다. 실수투성이여도 있는 그대로를 받아줄 수 있는 가족. 그래서 가족인가 보다.

가족 하면 떠오르는 것

40대 권정란

우리 가족은 여행을 참 좋아한다.

어린 시절의 가족도 그랬고, 현재의 가족도 그렇다.

어린 시절 가족은 주말마다 여기저기 참 많이도 다녔다. 친구들이 '넌 주말에 가족들과 보내야 하니까 안되지?'라고 먼저 말을 할 정도였으니까. 멀리 가지 못하는 날에는 가까운 공원에라도 가서 아빠와 캐치볼을 하고, 달리기도 하며 시간을 보냈다.

이모들과 가까이 살았기에 이모 가족들과 함께 주말을 보내는 날들도 많았다. 여름이면 계곡으로 바다로 캠핑하러 다녔고, 겨울이면 스키 타러 다녔다. 이모 가족들과 함께 자동차 4대를 줄지어 전국 곳곳을 여행했다. 즐거웠던 어린 시절이었다.

사춘기 때는 친구들과 주말을 보내고 싶은데, 가족들과 함께해야만 해서 불만이기도 했지만, 지금 생각해보면 어린 시절이 행복했던 기억으로 남아있다. 크면서 다짐했었다.

'나도 가족이 생기면 함께 많은 것을 보고 느낄 수 있는 여행을 자주 다녀야겠다.'

나를 춤추게 하는 가족 교향곡

남편은 활동적인 성격이 아님에도 불구하고 내 의견을 존중해주었다.

주말이면 근처 공원이라도 나가서 함께 놀아주려고 노력했고, 아이가 동물이 보고 싶다고 말하면 가까운 주말에 당장 동물원으로 향했다. 그러면서 캠핑을 시작했고, 아이들이 아주 어릴 때부터 캠핑을 즐기게 되었다.

캠핑이 너무 재미있었다고 아이들은 지금도 이야기한다.

꽁꽁 언 호수에서 아빠가 끌어주던 썰매 타던 날, 풀과 돌로 개미집을 만들고, 친구들과 직접 만든 이름표로 런닝맨 놀이를 하던 날, 모닥불을 피워 놓고 타닥타닥 나무 타는 소리를 들으며 해먹에 누워 밤하늘을 보던 날들을 말이다.

어느 순간 우리 가족에게 여행이 잠시 멈추는 시간이 왔고, 이후 코로나로 인해 전 세계가 함께 멈췄다. 다시 모든 게 정상으로 돌아올 때 우리는 다시 시작할 것이다.

가족에게 여행은 그런 것 같다. 같은 시간의 기억 속에서 따뜻한 추억을 공유하고 미소 지을 수 있는 사진첩 같다. 어린 시절 추억의 장면 장면이 지금 내 기억에 남아 행복의 감정을 불러오는 것처럼 우리 아이들의 기억 속에도 행복한 장면들이 차곡차곡 쌓여가기를 바란다.

여전히 우리 가족은 추억 창고에 행복을 쌓는 중이다.

가족 하면 떠오르는 것

50대 이은주

내가 가족을 위해 어떤 일을 하는가? 가족을 위한 나의 일 나의 사명은 무엇인가? 내 사명은 가정을 지키고 아들딸을 지키고 나를 지키는 것이었다. 우리 가정은 위태로운 풍전등화에 지나지 않았다. 늘 바람에 흔들렸다. 내가 바람에 흔들리고 부부가 흔들렸다. 바람이 잔잔할 일이 없는 가정이었다. 흔들리는 가정 안에서 아이들도 흔들렸다.

이러다 가정이 오래가지 못하겠다는 생각이 들었다. 아이들을 지키고 싶었다. 가정을 지키고 싶었다. 그러면 어떻게 해야 하지? 내가 바로 서 있어야 했다. 아이들을 위해서라도 내가 단단하게 서 있어야 했다. 아이들이 나에게 기댈 수 있는 버팀목이 되어야 했다. 나는 죽을힘을 다해 버텼다. 아이들만 생각했다. 그랬더니 서서히 아이들이 안정을 찾으면서 스스로 버티기 시작했다. 딸은 딸대로, 아들은 아들대로, 남편은 남편대로 내 나무에 의지하면서 잘 버텨주었다.

비바람이 몰아치고 태풍이 불어올 때면 가끔 흔들릴 때가 있다. 그러다 시간이 지나면 언제 태풍이 불었는지 비바람이 몰아쳤는지 모르게 잔잔하다. 또한, 따뜻한 햇볕을 받으면 하루하루 성장해 가는 가정을 만들고 있다. 가문이 바뀌는 가정을 만들어 가고 있다. 아들딸이 지치면 우리 부부가 사랑으로 응원하며 이겨낼 힘을 준다. 때론 우리 부부가 지치고 힘들 때면 아들딸이 사랑으로 응원을 해준다. 이제는 서로 뒤엉켜 뿌리 깊은 단단한 나무가 되었다.

지금 이 시대에 가정이 무너지고 있다. 한 가정 안에 있으면서도 남남으로 살아가고 있다. 다툼이 생기면 서로 지기 싫어한다. 또한 서로 상처 받고 싶지 않아서 울타리를 쳐 놓는다. 그렇다 보니 상대방 마음을 이해하지 못한다.

감사하게도 우리 가족은 마음의 문을 닫지 않고 열어두었다. 열어둔 마음에 서로 들여다본다. 아픈 상처에 서로 약을 발라주면서 아물어 가고 있다. 스스로 치유하기도 하고 때론 서로 치유해주면서…. 잘 이겨 내준 아들딸이 고맙고 남편이 고맙다. 또한, 잘 버텨준 나에게도 감사하다. 우리 가족은 가정을 위해서 오늘도 성장하고 있다.

잘 버텨준 내 가족 파이팅!

가족 하면 떠오르는 것

40대 장희선

나는 인식하지 못했으나 삶의 순간순간이 기적이었음을 안다.

이유는… 글쎄 지내놓고 보니 내 삶은 기적으로 점철된 파노라마라고나 할까?

> 남편을 만나 결혼 결정한 것
>
> 남편의 I love forever 사랑 고백
>
> 아이 낳을 수 없는데 아이 낳게 된 것
>
> 아이가 폐렴으로 여러 번 입원한 것
>
> 지금도 예쁘고 귀여운 것
>
> 아이가 내 옆에서 잘 자라고 있는 것
>
> 아이가 사랑스러운 것
>
> 내 생은 하나하나 모두 다 기적으로 점철되어 있다
>
> 나는 기적이다

작년 글쓰기 수업에서 이 글을 써놓고 한참을 지난 후에 다시 보게 되었다. 인식하지 못하고 있던 삶의 기적적인 일들이 얼마나 많이 묻혀있

나를 춤추게 하는 가족 교향곡

을까를 생각하게 해주었다. 그냥 대수롭지 않게 여기고 심드렁하게 대우할 뿐 얼마나 많은 만남과 사건들이 우연처럼 나를 스쳐 지나가는 것일까. 하나하나 다 분석해 보자면 얼마나 많은 사건의 짜임이 우리 생에 발생하면서 일상을 이뤄내는 것일까.

내 일상은 기적이다.
알지 못하였을지라도 내 삶은 기적으로 점철된 파노라마다.
부인하지 못한다.
그러니 감사해야 한다.
나의 삶은 모두 다 하나하나 기적으로 이루어져 있다.
매 순간순간 모두다.
감사한다.

가족 하면 떠오르는 것

50대 홍현정

극심한 스트레스로 인해 이석증이 생긴 적 있다. 회사 일과 시아버지가 편찮으셔서 신경 써야 하는 일로 스트레스가 컸다. 처음에는 살짝 어지럼 증상이 있었는데 경험이 없으니 이석증 초기증상인 줄 몰랐다. 휘트니스에서 운동하고 일어나는데 빙그르르 하고 천장이 돌았다. 그때 거꾸로 매달리는 기구를 한 후라 뇌에 혈류 공급이 일시적으로 안 되는 것이라고 생각했다. 그런데 잠을 자고 일어나는 아침에도 살짝 어지럼증이 있어서 빈혈이 생긴 줄 알았다. 얼마 전 건강검진에서는 빈혈 수치가 좋았다. 갑자기 빈혈이 찾아온 건가? 생각을 하며 하루, 이틀 시간이 지나갔다. 크게 문제 되지 않았다.

그러던 주말에 자고 눈을 떴는데, 세상이 빙글빙글 돌아간다. 도저히 눈을 뜰 수 없다. 큰소리를 질렀다. 안방에서 가족을 불렀다.

"나 너무 어지러워~ 일어나지를 못하겠어. 나 좀 도와줘!" 남편과 둘째 아들이 달려왔다.

"왜 그래?", "어지럽다고요?" 남편이 묻고, 아들이 물었다.

천정이 뱅뱅 돌아가서 도저히 일어날 수가 없다. 갑작스러운 상황에 놀란 아들이 119를 불렀다. 둘이는 운전도 해야 하고 나를 감당할 수 없을 것 같기에 서둘렀다. 어느 때나 판단력이 빠른 둘째다. 119대원들이

나를 춤추게 하는 가족 교향곡

오고 들것에 실려 응급차에 옮겨진 후 이대목동병원 응급실로 이송되었다.

간호사가 몇 가지 간단한 질문을 했다. 증상이 언제부터 있었는지, 평소 지병은 있는 지등 질문에 일주일 전부터 약간의 어지럼증이 시작되었고 지병은 없다고 알려줬다. 응급실 침대에 누워 있으라고 하는데 침대가 빙글빙글 도는 것 같아 침대 양쪽 난간을 안간힘을 쓰며 붙잡았다. 침대 위에 있는 나를 누군가가 세게 돌리는 듯한 어지럼증이다. 그때 작은아들이 곁에서 나를 지켜줬다. 병원에 도착했을 때도 휠체어에 앉혀주고 남편은 수속을 밟으러 가고 둘째 지후는 내 곁에서 손을 꼬~옥 잡아주었다. 아들이 같이 있어 주는 것만으로도 마음이 안정되었다. 지금 내가 겪고 있는 무서운 상황을 아들이 잡아주는 손의 따스한 온기로 이겨낼 수 있을 것 같았다.

아들이 집에 있어서 다행이고, 남편이 집에 있어서 다행이었다. 아무도 없는 상황에 겪는 일이라면 나 혼자 감당할 수 있었을까? 다시 경험하고 싶은 않은 일이다. 검사를 하고 결과가 나왔다. 이석증이란다. 스트레스가 심하면 생길 수 있는데 달팽이관에 세 개의 돌 중 칼슘 덩어리인 하나가 떨어져 나와서 반고리관 안으로 들어가 어지럼증이 생긴 것이다. 눕거나 한쪽으로 고개를 돌리면 심하게 빙글빙글 어지럼증이 생기는 거라고 설명을 들었다. 급하게 처치해주고 약 처방을 해줬다.

외래 예약을 하고 이비인후과 진료를 받으면서 귀에 바람도 넣고 눈동자 검사도 하고 이석치환술을 받았다. 모니터를 보니 내 한쪽 눈동자가 불안정하게 흔들렸다. 이석치환술로 멀쩡해졌다. 일주일 분 약을 다시 처방받고 이상 있으면 내원하고 괜찮으면 안 와도 된다는 의사의 말을 듣고 눕혔다 일으켜 세웠다 하면서 빠진 돌을 자리로 잡아줬던 의사가 고맙다. 힘들 때 옆에서 손을 잡아주었던 둘째의 마음과 손길도 고맙게 느껴진다. 손잡아주는 것만으로도 사람에게 위안이 된다는 걸 경험했다. 이후로 지금까지 이석증 재발은 없다.

가족 하면 떠오르는 것

60대 유유정

　가족은 작은 사회 공동체로 생각한다. 가족 중심을 이끌어가는 공동체에 선두자는 부모이며 부모는 큰 우주를 그대로 옮겨다 주는 역할을 하는 인생에 멘토이다. 인생 멘토는 살아가는 방법을 알려 주는 부모이기를 바라는 마음이지만 나 역시도 완전하지 못한 삶을 살아가는 한 사람이다. "삶은 동트기를 기다리는 것이 아니다. 먹구름 속에서도 살아가는 방법을 배우는 것이다."라는 어떤 명언이 기억이 난다. 이론은 잘 알고 있으나 실행은 어려운 나의 현실이다. 가족으로 엮어진 나와 내 동생들은 고난이 나름 많았던 어린 시절을 보냈다. 이유는 부모의 선택으로 인해 나의 형제들은 피해자들이다. 엄마 아버지는 부부싸움을 참 많이 했다. 아버지의 무능력으로 가끔 한 번씩 큰 소리가 나면서 시끄러워진다. 부모님이 싫었다.

　우리 가족은 불행하다고 생각하며 살아온 나는 다른 집들은 조용하고 행복하고 안정된 집으로 생각하게 된다. 청소년을 거치면서 성인이 될 때까지 "우리 집은 불행한 집이야"라고 생각하며 살아왔다. 사회에 발을 디디며 다양한 사람들도 보고 친구도 사귀며 우리 집은 불행한 것이 아니구나 하는 것을 알게 되었다. 사는 것이 나보다 더 어렵고 힘들게 살아온 사람들도 많고 행복하고 다복스럽게 사는 가정도 많다는 것을 알게 된다. 힘들고 어려움을 듣고 나와의 생활을 비교하며 그들을 이해하게 되고 위로해주고 싶은 마음이 드는 어린 청년 시절이다. 가족, 책임을 다하는 아버지였기를 얼마나 고대하고 기대하면서 살아온 나의 형제들 지금은 누구도 부럽지 않게 잘살고 있어 감사한 마음이다.

엄마가 어린 새댁 때이다. 시골 골짜기로 시집온 새댁은 농사를 짓기 위해 산을 괭이로 일일이 파서 밭으로 일구어 씨앗을 뿌리는 일을 엄마 혼자 하게 된다. 밭을 일구기 위해 봄이 되면 밭에 풀들을 태우기 위해 불을 붙여서 이리저리 흩어진 풀들을 태우며 밭을 일구어 가는 과정이다. 그 틈에 바람이 세차게 부는 바람에 불꽃이 날려 땔감 나무에(아궁이에 불을 때기 위해 미리 해놓은 땔감) 옮겨붙은 것이다. 그때 엄마 나이는 갓 스물이 넘은 나이였다. 무섭게 훨훨 타는 불길이 얼마나 무서웠을까? 내가 초등학교 1학년 때에 일어난 이야기를 해주셨다. 가족을 책임지기 위해 엄마는 미리미리 산을 파고 씨앗을 뿌리는 준비를 하다 그만 온 산등성이를 태워 버렸다. 엄마는 경찰서 갈까? 더 무서웠다고 하신다.

난 엄마의 그때 놀란 모습을 생각하면서 안쓰러움이 가슴을 아프게 한다. 그럴 때 아버지가 정말 미웠다. 한 가족을 위해 부모의 책임을 다하는데 부부는 화합과 사랑, 희생을 할 수 있는 준비가 되어야 한다. 가족은 내가 선택하고 내가 만든 가족이기에 내가 책임질 각오가 되어야 한다. 최소한 아이들에게 평안과 안정, 사랑, 신뢰가 있는 가정이 되어주어야 한다. 그러기 위해서 두 부부가 행복해야 한다. 가족을 형성한 부부 각자의 자신들을 보석의 존재로 여기며 자기를 위해 사랑하는 법을 알아야 한다. 나에게서 탄생한 가족에게도 사랑을 나누어주는 삶을 살

나를 춤추게 하는 가족 교향곡

아갈 수 있는 부모가 가장의 역할이라고 생각한다. 잘 살아가는 가정이 형성되려면 부모 자신이 바라보는 자신들을 사랑과 믿음으로 따뜻한 마음을 갖도록 평소에 습관을 들여야 한다. 가정은 부부 모두의 책임이다. 두 사람의 지휘하에 만들어지는 작은 공동체이다. 그래서 가족은 부모가 잘 만들어진 보석이어야 된다. 그 보석이 다른 원석을 캐어다 보석으로 만드는 과정이다. 보석을 잘 만들어 보기로 하는 부모로서 자신에게 중요한 존재임을 알고 있는 부모였으면 한다.

제3장

꼭 전하고픈 말

제3장 꼭 전하고픈 말

미안해요 & 고마워요

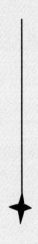

키스해 주는 어머니도 있고
꾸중하는 어머니도 있지만
사랑하기는 마찬가지이다.

-펄벅-

미안해요 & 고마워요

40대 강은혜

28살, 당시 또래 친구들에 비해서는 다소 이른 나이에 결혼했다. 사실 우리 부모님 세대와 비교하면 그리 어린 나이도 아니었지만 부족하고 준비되지 않은 채였다. 결혼한 지 한 달 만에 임신, 일 년 만에 출산을 겪으며 그렇게 아내에 익숙해질 새도 없이 엄마가 되었다. 누구도 나에게 아내가 되는 법, 엄마가 되는 법을 체계적으로 알려주는 이는 없었다.

결혼 생활 16년 동안 많은 변화를 겪으며 우리는 쉼 없이 달려왔다. '이상형'이 무엇이라고 꼬집어 말할 수는 없지만 과묵하고 다정한 남편은 나와 꽤 잘 맞는 사람이라고 생각했다. 그러나 그건 내 착각이었다. 결혼 후 늘 다정한 남편이 변했다고 생각했다. 그의 사랑이 식었다고 생각했다.

다정했던 남편을 돌려받고 싶었다. 서로를 이해하기 위해 시작한 성격검사, 심리상담의 결과는 충격적이었다. 우리는 너무나 다른 사람들이었다. 비슷한 점이라고는 '인내심'뿐이었다. 그저 각자의 강한 인내심으로 버티고 있었나 보다. 상담 선생님은 말했다.

"서로 다른 점이 연애 때에는 매력으로 작용했을 거예요. 그리고 남편이 아내에게 맞추기 위해 자신을 갈아 넣고 있어요."

나 때문만은 아니었을 것이다. 남편은 원래 그런 사람이었다. 늘 누군가를 위해 희생하는 사람. 자신이 좋아하는 것이 무엇인지는 모르지만 내가 좋아하는 것은 알아서 챙겨주는 사람. 그러면서 남편이 늘 나에게 하는 부탁이 있었다.

"은혜야, 미안하다고 하지 말고, 고맙다고 말해줘."

"여보, 고마워요. 부족한 나를 변함없이 사랑해줘서. 철부지였던 나를 뿌리 깊은 나무처럼 변함없이 지켜 준 당신 덕분에 성장했고 여기까지 올 수 있었어요. 긴 시간 내 문제에만 집중하느라 당신의 어려움을 알아봐 주지 못해서 미안해요.

여보, 우리의 행복은 결혼 후 아주 잠시 이어졌고 어려움은 끝이 보이지 않는 어두운 긴 터널 같았지만, 끝까지 마주 잡은 두 손을 놓지 않고 여기까지 함께해줘서 고마워요. 청혼할 때 해준 말처럼 단둘이 아니라 우리를 붙잡아주는 손길이 있음에 감사해요.

이제는 내가 당신에게로 갈게요. 당신의 언어로 말해줄게요. 감사해요. 그리고 사랑해요."

나를 춤추게 하는 가족 교향곡

미안해요 & 고마워요

30대 이선미

타지에서의 시작은 기대했던 것만큼 낭만적이지 않았다. 비행기로 12시간, 기차로 2~3시간 걸려 도착한 엔스헤데(Enschede)의 우리 집은 좁고 청소가 전혀 되어 있지 않아 바닥에 톱밥과 쓰레기들이 그대도 널려 있었다. 비와 바람만 막아줄 뿐 온기라고는 전혀 느껴지지 않는 차가움 그 자체였다.

남편의 학업을 위해 네덜란드에 온 우리는 한국에서 누리던 많은 부분을 내려놓고 왔다. 남편과 내가 둘이 벌었던 수입은 반의 반토막으로 줄었고, 한국에서 보내온 짐이 도착할 때까지 우리는 코펠로 냄비 밥을 해 먹었다.

무엇보다 그저 엄마 아빠를 따라온 아이들은 네덜란드에 도착한 지 일주일 만에 말도 안 통하고 생김새도 다른 친구들이 있는 학교에 보내졌다. 아이들에게 아빠의 학업으로 4년 동안 네덜란드에 살 것이라고 설명했으나, 그 환경에 내던져지기 전에 그 말을 얼마나 이해하고 받아들였을까.

학교 첫날, 첫째 아이는 호기심을 가지고 씩씩하게 학교에 들어섰다.

하지만 둘째 아이는 엄마와 절대 헤어지고 싶지 않다며 나를 붙잡고 울음을 터뜨리기 시작했다. 억지로 들여보내고 돌아오려니 내 마음이 찢어졌다. 방과 후 둘째 아이는 우리가 왜 네덜란드에 왔으며, 왜 꼭 네덜란드 학교에 다녀야 하는지 되풀이해서 물었다. 여러 번 대답해 줬지만 이해할 수 없다는 것이다. 둘째 날도 셋째 날도 아이의 두려움과 항의는 줄어들지 않았다. 나중에 선생님이 찍어주신 아이의 사진을 보니 눈이 퉁퉁 부은 채 엎드려 자는 모습이었다.

설상가상으로 첫날 용기 있게 학교에 갔던 첫째 아이도 학교에 가기 싫다며 나를 붙잡고 떨어지지 않으려고 발버둥을 쳤다. 그제야 말이 안 통하는 그곳에서 적응하여 지내야 한다는 상황을 이해하게 된 것이다. 화장실에 가고 싶다는 말조차 하기 힘든 낯선 환경에서 두려움에 싸인 아이들을 보니 마음이 아팠다. 얼마나 무섭고 두려웠을까. 너무 미안했다. 내가 해줄 수 있는 것은 기도뿐이었다. 집에서 학교로 걸어가면서 나는 아이들이 들을 수 있게 나직한 목소리로 기도했다. 아이들 마음에 두려움보다는 기대와 설렘으로 평안한 마음으로 학교에 갈 수 있게 해달라고.

시간이 지나 완벽하게 적응한 아이들이 대견스러우면서도 그때 힘들었을 아이들을 생각하니 미안하고 그저 고마운 마음뿐이다.

미안해요 & 고마워요

50대 정서인

'진자리 마른자리 갈아 뉘시며 손발이 다 닳도록 고생하시네…'

'어버이 은혜' 노래가 입가에 맴돈다. 자식이 결혼을 앞둔 시기라 그런지 요즘 부모님이 유독 생각난다. 부모가 되기 전엔 감히 알지 못한 부모님의 마음. 자식을 키우며 애달파 했을 부모님의 마음이 가슴속으로 사무치게 파고든다.

엉덩뼈를 다쳐 목발을 짚고 동네로 나갔다. '다리 병신'이라고 놀림을 당했다. 화가 잔뜩 난 나는 목발을 휘날리며 집까지 뛰어갔다.

"엄마, 나보고 다리 병신이래."
"뭐야? 고놈 어디 있나? 앞서거라. 내가 가만히 안 둘 거다."

어머니는 옆에 있는 빗자루를 들고 단숨에 달려가 손가락으로 삿대질하며 호통치셨다.

"네가 뭔데 우리 애한테 그런 소리 하노? 너 다리 몽둥이 부러뜨려 줄까?"

제3장 꼭 전하고픈 말

그는 죄송하다고 연신 고개를 숙이며 사과했다. 어머니의 목소리가 그렇게 큰 줄 처음 알았다. 화내는 모습을 보니 좀 무서웠다. 하지만, 속은 후련했다. 내 편이 되어 준 어머니가 곁에 있어서 든든했다. 엄마가 있어 참 감사했다.

아버지가 돌아가시고 결혼하여 첫아이를 가졌다. 워킹맘인 나는 어머니에게 만 2년 동안만 아이를 키워달라고 부탁드렸다.

"아들이면 내가 봐줄게. 딸이면 안 키울 거다."

어머니는 단호하게 말씀하셨다.

맏이였던 아들을 5살 때쯤 교통사고로 잃어버리고 두 딸만 키운 어머니는 딸이라도 집안의 대를 이어 줄 아들 낳기를 바라셨다. 자식은 가슴에 묻는다는 말이 있듯 평생 대못 하나가 가슴에 박혀 있다고 입버릇처럼 말씀하셨다.

내가 어렸을 때는 남아선호사상이 지배적이었다. 손자를 떠나보내고 대가 끊겼으니, 조부모님은 작은집 오빠를 양자로 들이라고 하셨다고 한다. 하지만, 부모님은 조부모님의 뜻을 받아들이지 않고 언니와 나만 키우셨다. 심지어 아들만 족보에 등재된 규정을 딸도 자식이라고 족보에 등재해야 한다고 아버지가 집안사람을 설득하셨다. 아들 잃은 아픔과 고통이 큼에도 불구하고 언니와 나를 극진히 키워주신 부모님 생각하면 가슴이 아려온다.

나를 춤추게 하는 가족 교향곡

어머니는 손자 둘을 키워준 후 시골에서 호젓하게 살아가려 할 때 반갑지 않은 암이 찾아왔다. 병원에서 몇 개월 지내다 집으로 모셨다. 온종일 어머니를 돌봐 드릴 수 없어 결국 요양원을 선택했다. 오랜 기간 요양원에 계셨다. 요양원이 그리 멀지도 않았는데 매일 문안드리지 못한 점이 내내 죄송스럽다. 가끔 어머니를 만나러 가면 이렇게 말씀하시곤 했다.

"바쁜데 뭣 하러 왔어? 피곤할 텐데 얼른 가서 쉬어. 자주 안 와도 된다."

여전히 어머니는 당신 몸보다 자식이 먼저였다. 아들, 딸 구분하지 않고 양육하신 나의 부모님. 시대를 앞선 부모님의 사랑은 푸른 하늘 그보다도 높았고, 푸른 바다 그보다도 넓었다.

50대 김희정

　나의 시간은 보통의 사람들과 다르다. 근무 형태 역시 다르다. 오후 6시면 퇴근하는 사람들을 기다리며 그때부터 바빠진다. 상담전문가이며, 관계 치료 강사인 나는 가족 중 누군가가 필요로 하는 그 순간에 가족 옆에 있을 때보다 없을 때가 훨씬 더 많은 사람이다.

　상담을 막 끝내놓고 10분 휴식 후 다시 상담에 들어가야 하는 그 짧은 시간에 핸드폰을 들여다본다. 그날도 그랬다. 딸에게서 부재중 전화가 여러 통 와 있었다. 전화했더니 "엄마, 배고파서 라면 끓여서 상위에 올렸는데 잘못 해서 내 허벅지에 다 쏟아졌어. 너무 뜨거워. 아파~"라면서 울었다. 마침 오빠가 있어서 다 치워주고 찬물로 열기를 식혀주었다고 하였다. 상담 끝내고 갈 테니 얼른 오빠와 병원으로 가라고 하였다.

　어느 토요일, 일찍 집을 나섰다. 평택 모 센터에서 예비 상담사들을 대상으로 교육이 있었다. 20분만 있으면 도착할 타이밍이었다. 그때 딸에게서 전화가 왔다.
　"엄마, 나 교통사고 났어. 파란불이 켜져서 횡단보도를 건너려고 하는데 우회전하는 차량이 나를 쳐서 바닥에 털썩 주저앉았어. 많이 다친 건 아닌데 교통사고라 어떻게 해야 해?"

이날도 마침 아들이 집에 있어서 딸 위치를 알려주고 빨리 가서 처리하라고 하였다.

내가 신세 진 분이 계셔서 저녁을 대접해 드리기로 했다. 식당으로 걸어가고 있을 때 딸에게서 전화가 왔다.

"엄마, 나 교통사고 났어. 내가 우회전하려고 하는데 좌회전하던 택시와 부딪혔어. 내 차 조금 찌그러졌는데 다친 곳은 없어."

사고 난 곳이 나와 가까이어서 양해를 구하고 달려가려고 하는데 딸에게서 다시 전화가 왔다.

"엄마, 오빠가 퇴근하고 집에 가는 길에 나 사고 난 거 보고 달려와서 처리하고 있어. 안 와도 돼."

부랴부랴 아들에게 전화를 걸었다.

"엄마, 내가 처리하고 있어. 괜찮아. 일 봐요."

딸이 4세 때 영양수액을 몇 시간 동안 맞아야 할 때도 나는 업무처리다 끝내 놓고 병원에 갔던 부족한 엄마였다. 이런 날도 있었다. 퇴근 후집에 가 딸 방문을 열었더니 이마 위에 물수건을 얹어 놓고 자고 있는데옆에는 물이 담긴 그릇이 놓여 있었다. 해열제를 먹고 물찜질로 열을 식히며 자고 있었다.

딸에게는 참 많이 미안하고 또 미안하고 또, 또, 또 미안하다. 엄마 대신 동생 옆을 든든하게 지켜 주었던 아들에게는 고맙다는 말로는 부족할 지경이다.

누군가 한 말이 생각이 난다.

"우리 같은 사람들은 말이야, 자기 가족 복지는 못 하면서 남들의 가정, 가족 복지만 책임지는 사람들이라니까."

나는 이렇게 가족들에게 빚지며 사는 사람이다. 마음의 큰 빚을….

나를 춤추게 하는 가족 교향곡

미안해요 & 고마워요

50대 신유정

10월은 나에게 기쁨과 아픔이 있는 달이다.

결혼기념일이기도 하며 첫 사업을 실패로 쓰라린 아픔이 있는 달이기도 하다.

결혼 전 강남 한복 의상실에서 근무했던 경험을 살려 한복집을 운영하였다. 처음 시작은 가정에 도움이 되기 위해서였다. 두 아들이 초등학생으로 엄마의 손길이 필요하다는 가족들의 반대에 부딪혔지만, 경제적 도움을 주고 싶다는 나의 의견에 남편과 가족들의 협조로 가게를 하게 되었다. 처음엔 생소한 한복대여점이 입소문이 나면서 많은 분이 찾아주었다.

대여한 손님들의 만족도는 높았다. 인터넷으로 예약 손님도 늘어나며 가게도 자리를 잡아가고 있었다. 새로 입주한 아파트 인구수가 늘어나면서 잘될 것이라는 생각으로 추진했던 대여점은 시간이 지나면서 상가 운영위원회에서 영업시간 단축과 주말에 영업할 수 없다는 통보를 받았다. 퇴근하고 오는 손님들과 주말을 이용한 손님들이 불편함을 호소하며 더 가게를 운영할 수 없는 상황에 놓이게 되면서 가게 문을 닫게 되었다.

가게 문을 닫고 경제적으로 어려운 환경이 현실로 다가오면서 나는 남편과 아이들에게 미안한 마음이 들었다. 가정에 도움을 주려고 시작했던 일이 가족들에게 경제적으로 어려운 상황을 만들었다. 필자는 자책하며 지냈다. 지금도 그때를 생각하며 가슴이 답답하고 마음이 우울해진다.

가게를 운영하면서 실패는 했지만, 교훈도 얻었다. 사고가 확장되었으며 문제를 바라보는 관점이 달라졌다. 힘든 시간을 보내고 큰아이 학교에서 지역사회 부회장, 동사무소에서 봉사활동과 합창 회장을 역임하면서 활발하게 활동했다. 남편이 나를 신뢰하고 있으므로 가능한 일이었다.

큰아들은 고민이 있다며 나에게 고민 상담을 한다. 큰아들과의 대화는 즐겁다. 대화를 통해 아들의 고민과 생각을 엿볼 수 있다. 이제는 나의 고민 상담도 해준다. 둘째 아들과는 음식에 관한 이야기를 많이 나눈다. 가족을 위해 마트에 가면 "무거운 것 들지 마세요. 허리 다치지 않게 조심하세요."라며 둘째 아들이 건넨 따뜻한 말이 고맙고 대견하면서 행복하다.

미안하다는 말로 가족들이 겪은 일들을 보상할 수는 없다는 것을 알고 있다.

고단한 세상을 헤쳐 나갈 힘은 남편과 아들들이 있기에 해낼 수 있다.

"당신과 아름다운 부부로 살아가고 싶습니다. 여보 미안해요. 그리고 고맙습니다."

미안해요 & 고마워요

40대 권정란

나는 어린 시절 외할머니 손에서 자랐다.

외할머니는 내가 태어나던 해에 맞벌이하시는 부모님을 대신해 나를 돌봐주기 위해서 저 멀리 목포에서 부산까지 오셨다고 하신다. 지금으로 말하자면 황혼 육아를 위해서 오신 거다. 그렇게 외할머니는 나의 어린 시절을 함께 했다.

바쁜 엄마를 대신해 유치원의 소풍이며 행사는 대부분 외할머니가 따라오셨다. 어린 마음에 난 외할머니가 따라오는 게 부끄러웠는지 뭔지 모르게 의기소침했었다. 나도 다른 아이들처럼 엄마가 따라왔으면 좋겠다고 생각했다.

유치원 때의 일이다. 생일잔치에 엄마가 안 오면 생일잔치를 안 한다고 떼를 써서 결국은 엄마가 일하다 말고 유치원에 급하게 달려오셨던 기억이 있다. 지금 생각해 보면 외할머니께서 얼마나 무안하셨을까 싶다.

외할머니를 떠올리면 가장 후회스러웠던 날이 있다.
그 무섭다는 중 2학년 사춘기 시절 이야기다.

외할머니는 남동생을 무척 예뻐하셨다. 할머니들이 다 그러신 것처럼 이유는 없다. 아들이니까. 딱 그 이유다. 남동생이 뭐가 먹고 싶다고 하면 아들은 부엌에 들어가서는 안 된다며 다른 일을 하고 있더라도 여자인 내가 동생을 챙겨줘야 했다. 단지 누나라는 이유로. 사춘기 여자아이에게는 받아들이기 힘든 논리였고 이해가 되지 않았다.

외할머니에게 눈은 부릅뜨며 꽥꽥 소리를 질러댔다.

"왜 그래야 해요?"라며 큰 소리로 대들었다. 처음으로 외할머니에게 울면서 소리 지르다 결국 문을 '쾅' 닫고 집을 나와버렸다. 집을 나와도 갈 곳은 없었다.

결국, 아파트를 배회하며 "억울하다"라면서 소리 내어 엉엉 울었다. 그때는 누구도 내 편이 없는 것만 같았다. 한참을 울고 나니 할머니에게 죄송한 마음이 밀려왔지만, 죄송했다는 말을 못 했다.

2년 뒤 겨울, 외할머니께서는 갑작스럽게 돌아가셨다. 너무도 갑작스러워서 그 일에 대해 미안함을 전할 시간도 주지 않으셨다. 2년 전 그 일이 있었던 날 저녁. 나는 죄송했다고 말했어야 했다. 그날이 아니라 2년이라는 시간이 있었음에도 외할머니에게 사과하지 못했다. 그게 너무 후회스러웠다. 늦었지만 지금이라도 전하고 싶다.

까맣게 그을린 얼굴과 작은 체구에 항상 웃어주시던 나의 외할머니 전금단 여사!

작은 섬에서 태어나 일생을 바닷가에서 사시다가 도시로 와 얼마나 외롭고 힘드셨을까?

지금 생각해보면 세상의 두려움보다 자식에 대한 사랑이 더 커서 가능

했던 일이었던 것 같다.

누구보다 용감했던 외할머니! 너무 늦었지만. 지금에야 용서를 구합니다. 죄송했습니다.

철없던 시절의 손녀를 용서해 주세요. 사실은 너무도 감사하고, 사랑했습니다.

이 고백이 하늘에 닿기를….

50대 이은주

작은 어촌마을에서 3남 1녀 맏이로 태어났다. 우리 집은 가난했다. 아버지는 사람만 좋을 뿐 늘 술에 의지했으며 생활력도 없으셨다. 어머니는 우리를 배곯지 않으려고 몸부림치며 삶을 힘들게 버텨내셨다. 하지만, 부모님은 맏인 나에게 공부를 가르치지 않으셨다. 결국, 소녀 가장이 되었다. 공부하고 싶었지만, 삶의 무게에 눌려 공부하고 싶다는 마음을 애써 숨기며 살았다.

가난 때문에 어린 딸을 소녀 가장으로 내몰았던 부모님을 원망하면서 살았다. 내 나이에 학교를 다니지 못한 사람들은 없는 것 같다. 어머니에게 따지며 대들었다.

"다른 부모님들은 어떻게 해서든 자식을 대학교까지 공부 가르치는데, 엄마는 왜 가르치지 않았어요?"

소녀 가장의 어깨가 너무나 무거워 도망치고 싶었다. 그때 작은 엄마가 남편을 소개해 주면서 말씀하셨다.

"지금까지 고생하며 살았으니, 남편한테 사랑 많이 받고 잘 살아라."

결혼만 하면 고생 안 할 것 같았다. 힘들게 사는 엄마를 못 본 척하고 결혼했다. 하지만, 결혼 후의 삶은 소녀 가장으로 살아온 삶보다 더 힘든 세상이 기다리고 있었다.

엄마의 삶을 나도 모르게 똑 닮아 있었다. '힘들게 사시는 엄마를 두고 결혼을 했기에 벌을 받는 것인가!'라는 생각도 들었다. 어떻게든 엄마에게 잘사는 모습을 보여주고 싶어 최선을 다해 살았다. 부모님 원망하고 전생 탓만 하면서 살아온 세월이 어느새 내 나이 60을 바라본다. 부모님을 원망하면서 살아온 지난 시간이 이제는 미안하고 고마운 마음이 든다.

나의 힘듦을 부모님 탓으로 돌린 어리석음에 죄송스럽다. 착하고 선한 심성을 물려받을 수 있어서 감사하다. 또한, 결혼생활을 하면서 자식을 책임지고 가정을 지키려고 노력했던 것 또한 엄마의 덕분임을 이제는 알 거 같다. 어려운 환경에서 버팀목이 되어 주면서 힘든 세상을 자식과 함께 꿋꿋하게 살아온 부모님께 감사하다.

미안해요 & 고마워요

40대 장희선

　우리는 모두 인생이라는 무대에 내던져진 연극배우이다.

　육체라는 옷을 입고 역할이라는 의무를 지우며 나름 선전하며 연기를 해내는 중이다.

　언젠가 다른 이가 혹은 내가 갑자기 연극무대에서 나오게 되는 때 그 황망함은 이루 말할 수가 없다.

　연출 감독에게 왜 갑자기 나를 혹은 그를 무대에서 빼느냐는 항의 같은 것은 해볼 수도 없다. 그저 무대가 끝이 나고 연극이 막을 내리는 시기가 있다는 것만 짐작할 뿐이다.

　나는 엄마라는 인생 2막을 상연하는 중이다.

　아이는 태어났고 졸지에 나는 엄마가 되었다.

　아이는 엄마의 돌봄과 보살핌을 필요로 하며 초보 엄마인 나는 최선을 다해 아이를 뒷받침하려고 노력한다.

　누가 그렇게 하라고 시켰는가.

　내 마음속의 각본이 아이를 사랑하라고 돌보라고 지켜 주라고 시킨다. 나의 의지와는 상관없이 아이는 잘 커가고 있고 나는 이미 어설픈 엄마 노릇을 해가고 있다.

　언젠가는 끝낼 역할이지만 나는 이 역할을 제대로 충실히 해낼 것인지

　　　　　나를 춤추게 하는 가족 교향곡

항상 노심초사한다.

어제 시어머니와 식사했다.

병든 병아리마냥 끊임없이 고개를 숙이고 힘이 없어 헐떡이는 모습이 이 양반 조만간 머지않은 시기에 그 나라 가시겠다고 하는 마음이 들었다.

막내아들과 남편을 먼저 보낸 모진 인생 그래도 독하게 생을 부여잡고 꾸려가시는 것을 보면 용하다 해야 할까 참 의문스러운 부분이다.

오늘은 교회 가는 날이다.

10만 원 밥값 쥐여 주시며 기도를 부탁하시던 시어머니.

그분의 영혼을 위해 기도하는 날이 되어야겠다.

50대 홍현정

감기로 인해 컨디션이 안 좋았던 40대 어느 날이었다. 그날은 할 업무도 많았는데 그동안 쉬지 않고 달려온 대가로 내 몸은 그만 좀 쉬라고 투정을 부리는 듯했다. 업무를 하다 보니 체력이 바닥이 났다. 일일이 나의 손이 다 가야 하는 상황이었고 쉴 수 있는 여건이 아니었다. 집 근처 외부 거래처에 서류 계약 건으로 약속하고 갔는데 상대 업체의 대표자가 급한 일로 자리를 비웠다. 1시간의 여유가 있어 엄마와 통화를 했다. 목소리만 듣고도 컨디션이 안 좋냐고 물으셨다. 아니라고 말했는데 엄마는 아버지랑 같이 대번에 집으로 오셨다.

엄마랑 아버지랑 시간을 보낼 여유도 없었고 컨디션도 엉망이었다. 약속도 없이 달려온 엄마에게 투정 부리듯 말했다.

"엄마! 약속 없이 그냥 오시면 어떻게 해요. 노는 사람도 아니고, 일하는데 갑자기 1시간 공백이 생겨 잠시 집에 왔는데 길 엇갈리면 어떻게 하시려고요?"

엄마는 말씀하셨다.

"너 목소리가 몹시 아픈 것 같아 이 약만 주고 가려고 잠시 왔어."

"길 엇갈려도 괜찮아. 혼자 온 것도 아니고 아버지랑 같이 왔으니까."

엄마는 약 봉투를 내밀었다.

목소리만 듣고도 딸의 몸 상태를 알아차린 엄마였다.

마음에도 없는 말을 내뱉고 약 봉투를 보니 엄마의 마음이 헤아려져 눈물이 왈칵 쏟아졌다.

집으로 가시는 두 분의 뒷모습을 보니 마음이 안 좋았다. 엄마가 주신 약을 먹고 잠시 누웠는데 좀처럼 쉴 수가 없다. 부모님의 뒷모습이 눈에 아른거렸다. 나도 자식을 낳아서 키우다 보니 자녀를 사랑하는 엄마의 마음을 알기에 눈에서 눈물이 계속 흘렀다. 엄마가 자녀들에게 퍼주는 화수분 같은 사랑을 따라갈 수 없다.

좀 더 곁에 계시기를 원했고 남들이 다 다닌다는 피부과에도 모시고 가보고 싶었는데 그러지 못했다. 얼굴에 생긴 검버섯을 제거해드리고 싶었지만, 엄마의 시간은 기다려주지 않았다. 부모님과의 시간이 늘 있을 것으로 생각하면 안 된다. 기다려주지 않는다. 시간이 지나면서 마음 한쪽에 아쉬움으로 남았다. 시간에 쫓기며 살다가 이제는 엄마랑 같이 시간을 보내고 싶어도 그럴 수 없다. 엄마가 없는 세상은 공허했다. 가슴에 구멍이 뻥 뚫려 버린 것 같은데 그 무엇으로도 엄마의 자리가 메워지지 않는다.

나도 엄마처럼 넓은 마음으로 아들을 대하려 노력한다. 내 엄마와 같은 마음으로 사람들을 대할 수 있을까? 살면서 가장 큰 선물은 엄마를 만난 것이다. 뒤늦게 깨달은 게 안타까울 뿐이다. 지금이라면 더 마음을 표현했을 텐데 그때의 나는 그러지 못했다. 아버지가 계시니 마음을 더 나누고 표현하려고 노력한다. 나도 회사 일로 바빴고, 몰라서 표현하지 못한 사랑을 살아계신 아버지께는 하려고 한다. 아버지도 잘 받아주시는 편이다. 남자로 표현하지 않았던 마음을 아버지는 88세에도 잘하신다. 틀을 깨고 표현하시는 아버지를 존경한다.

나를 춤추게 하는 가족 교향곡

미안해요 & 고마워요

60대 유유정

난 아버지에게 무관심을 보이며 살아왔다. 아버지는 나의 바로 밑에 남동생과 같이 옆에서 살아오셨다. 우리 올케는 사건도 많고, 말도 많은 시부모 모시기이다. 남동생으로 인해 우리 집에 시집온 큰올케는 무슨 죄야. 그래도 아버지를 모시고 신경 쓰느라 그동안 고생 많이 하고 가장 많이 아버지와 소통하고 옆에서 오랫동안 같이 살아온 사람이다.

그런데 참으로 아이러니하다. 아버지의 소식을 주위 사람들에게 들을 수 있다. 전해 주는 사람들의 말은 아버지가 불쌍 하다는 말을 많이 한다. 또 올케의 이야기를 전해 듣게 되면 이해하기 어려운 아버지의 모습을 하고 사시는 아버지이시다. 아버지가 그렇게까지 할까? 의문이 가지만 아버지께 그러시지 않기를 바라며 뵙게 되면 아버지에게 말씀을 드린다.

"올케와 같이 사니 항상 잘해주고 말씀이라도 좋은 말로 하시며 사시기를 바란다."는 이야기를 해 드리면 그러한 일이 있었다는데 그렇게 말씀을 드린다. 하면 펄쩍 뛰시며 아니라고 완강하게 부인하시는 아버지시다. 난 그러면 사실 우리 아버지가 그 정도는 아니신데 말이다. 이렇게 마음이 나를 화나게 만드는 편이다.

어른을 가까이 모시고 사는 올케 심정을 헤아림은 약하겠지만, 설마 아버지가 그렇게까지 하랴 하며 의아해지는 내 마음이다. 언거푸 그런 현상이 일어니는 상황이 싫었다. 누가 잘하고 못하고가 아니라 옥신각신 가리는 것도 우습고 가리고 싶지도 않은 나이다. 심한 말들이 있을 수 있는 사실을 나는 모르는 척을 해야 했다.

그 후로 나는 아버지 만남을 서서히 멀리했다. 행여 그런 말을 또 듣고 내가 화가 나서 나쁜 말을 해야 하는 일들을 미리 막아버리는 것이다. 누가 보고 들으면 피한다고 하겠지만 서로의 거리를 두는 것이 문제를 만들지 않는 것으로 난 모르는 척하기로 했다. 아버지는 '큰언니는 왜 안 온 다냐?' 하는 말씀을 하신다는 소식을 듣는다. 나도 사실 아버지를 만나고 싶은 마음 굴뚝 같은 마음이다. 그러나 참는 것이다. 그러면서 아버지 만남을 멀리하고 소식만 듣고 몇 년을 지내며 살아왔다. 그러던 어느 날 아버지는 말없이 세상을 떠나시고 말았다.

아버지께 미안한 마음이다. 그런 핑계로 아버지를 몇 년 사이 한 번도 찾아뵙지를 못했다. 순간마다 울컥하게 되는 슬픔이 울음으로 마구 쏟아진다. 그럴 때마다 나는 혼자 엉엉 울어버렸다. 아무도 없는 집에서 혼자 소리 내어 울곤 한다. 미안하고 죄송하게 살아내느라 마음고생 많이 하셨습니다. 자신과의 싸움도 다른 사람의 미움의 대상으로도 아버지를 멀리하는 그네들과 마음 맞추며 잘 살기 위해 아버지는 나름 노력하며 살아오신 것이다. 집안 시끄럽고 당신이 혼자 될까 두려워하시며 살아오신 분이시다.

나를 춤추게 하는 가족 교향곡

아버지 미안하고 감사합니다. 아버지이기에 감사하고 가시는 길 외롭게 해서 죄송하고 미안합니다. 아버지께 원망만 드려서 미안하고 옆에서 잘 챙겨 드리지 못해서 미안하고 나를 이 예쁜 가을에 태어나게 해 주셔 감사합니다. 아버지께 감사를 전하다 보니 감사의 말을 할 거리가 더 많아집니다. 아버지, 감사합니다. 아버지의 명복을 빌어봅니다. 동생하고 올케에게 전하고 싶다. 그동안 고생했다고 감사하고 고맙고 미안하다고 아버지 몇 년이라도 마음 편히 사시다 가시게 해줘서 고맙다고 전한다. 모두 모두 감사하고 앞으로의 바람은 슬기로운 생활로 몸도 마음도 건강한 사람이기를 기원합니다.

가슴에 있는 말 말 말

말도 아름다운 꽃처럼 그 색깔을 지니고 있다.

-E. 리스 "말"-

40대 강은혜

마음속을 들여다본다. 조용히 귀를 기울이니 마음의 소리가 들린다. '사랑받고 싶어.', '아 나는 사랑을 받고 싶은 사람이구나.' 어린 시절 나는 유독 자존감이 낮았다. 그리고 나는 사랑받기 부족한 존재라고 생각했다. 어린 시절에는 누가 나에게 좋다고 고백해도 나는 쉽게 믿지 못했다. '나를 왜 좋아하지?' 자신을 사랑하지 못하는 사람이어서 그랬던 것 같다.

10대, 20대, 30대, 40대를 지나며 만났던 사람들과의 관계에서 어딘지 모르게 조금씩 어긋난 것은 아마도 이런 나의 마음의 문제에서부터 비롯되었을 것이다. 내가 나를 사랑하지 못했다. 나는 사랑받을 자격이 충분하지 못한 것 같았다. 사랑받고 싶었지만 어떻게 받으면 되는지 몰랐다. 사랑이 눈앞에 있어도 그것이 사랑인지 몰랐다.

이제 어느덧 40대, 두 아이의 엄마가 되어서야 비로소 내가 세상에서 가장 행복한 여자라고 감히 말해 본다. 세상에서 가장 부하지도 가장 미인도 아니지만, 나는 행복한 사람이다. 사람들은 엄마가 아이들을 조건 없이 사랑한다고 말한다. 그러나 아이들을 키우면서 '아니구나, 내가 조건 없는 사랑을 받고 있구나'하고 느낄 때가 많다. 슬프게도 간혹 뉴스에서도 어린아이가 엄마를 지키기 위해 자신을 희생한 소식을 듣게 된다. 만약에 당신이 엄마라면 나를 바라보고 있는 어린 자녀의 눈을 한번 가만히 들여다보아라. 거기에 '사랑'이 있다.

"세상에서 제일 예쁜 엄마."
"아니, 이렇게 예쁜 여인이 여기 있었네."
"엄마는 언제부터 이렇게 예뻤어?"
"엄마, 나 작가가 될 수 있을 것 같아." "왜?" "엄마 아들이잖아."

어린 시절 내가 아빠에게 바라던 사랑은 허공에 흩어져 버리는 연기와 같았고, 공허한 메아리였다.

하지만 이제는 아이들의 사랑 고백을 받으며 하루하루를 살아낸다. 상처를 대물림하지 않겠다는 결심은 어느 때는 공허한 것 같았다. 여전히 내가 싫어하는 마주하고 싶지 않은 내 모습이 아이들과 겹쳐 보일 때 어쩔 줄 모르고 당황하고 만다. 그러나 여전히 오늘을 치열하게 살아내며 안아주고 사랑을 표현할 때 아이들은 나도 모르는 사이에 나를 넘어서 있다.

가슴에 있는 말 말 말

30대 이선미

네덜란드에서는 만 4세 생일 이후에 초등학교에 입학하여 12세까지 초등 교육을 받는다. 두 돌이 되기 전부터 네덜란드에서 지낸 막내 아이는 Group 1과 2를 거치며 네덜란드의 교육환경에 잘 적응해 지내고 있었다.

아빠의 직장 사정으로 한국에 돌아와서 유치원에 가게 되었을 때 아이는 두 가지 이유로 유치원에 가기 싫다고 했다. 유치원에 가고 싶지 않은 가장 큰 이유는 바깥 놀이 시간이 적기 때문이다. 네덜란드 아이들은 비가 오나 눈이 오나 적어도 하루에 두 번 밖에 나가 충분히 노는 시간을 갖는다. 그러나 한국의 유치원은 바깥 놀이 시간이 적고, 비가 오거나 미세먼지가 나쁘면 여러 가지 이유로 밖에 나가는 일이 적었다.

또 다른 이유는 친구가 없다는 것이다. 네덜란드에서 함께 놀던 친구들이 보고 싶고 여기에는 친구가 없어서 유치원에 가기 싫다고 말했다. 그래서 처음부터 친구가 되기는 쉽지 않다고 이야기해 주었다. 함께 시간을 보내고, 추억을 공유하면서 진짜 친구가 되는 것이라고 말이다.

네덜란드에서 친하게 지냈던 친구를 기억해 보면, 처음에는 잘 몰랐지만, 학교에서, 방과 후 놀이터에서, 또 서로의 집을 오가며 함께 보낸 시간이 많아지면서 더 친하게 된 것이라고 얘기해 주었다. 아이는 고개를 끄덕였다.

어느 날 잠자리에 들기 전에 책을 다 읽고 안아주고 뽀뽀해 줬는데, 막내 아이가 옆에 잠깐 누웠다가 가라고 한다. 평소보다 피곤했던 나는 옆에 잠시 누워서 이런저런 이야기를 나눴다. 내일은 즐겁고 활기차게 유치원에 가는 것이 엄마의 소원이라고 말했다. 유치원 가기 싫다고 울고 떼쓰면 엄마는 온종일 기분이 안 좋다고 말이다.

다음 날 아침 평소보다 늦게 일어나 준비하고 유치원에 갔다. 우리의 발걸음은 그리 가볍지 않았다. 왜냐하면, 유치원에 들어가기 전에 유치원 가기 싫고 엄마와 함께 있고 싶다고 말할 것이 뻔하기 때문이다. 유치원에 도착한 나는 아이를 꼭 끌어안고 숫자를 열까지 세었다.

"엄마, 이제 집에 가. 엄마, Dreams come true야."
"응? 그게 무슨 말이야?"
나는 무슨 뜻인가 하고 다시 물었다.
"엄마가 어제 소원이라고 말했잖아."

그제야 알았다. 엄마가 소원이라고 한 말에 어떤 의미를 두고 그것을 이루어 주기 위해 행동한 것인지. 이 작은 아이의 마음이 얼마나 귀한지. 엄마를 생각한 따뜻한 마음과 씩씩한 행동이 참 고마웠다. 덕분에 웃는다.

나를 춤추게 하는 가족 교향곡

50대 정서인

결혼하면서 주부로서 소박한 꿈을 꿨다. 정성껏 차려 준 밥상을 본 남편이 "아이고! 맛있네. 수고했어."라며 입가에 미소를 머금고 말해줄 걸 기대했다. 나름 찌개를 맛있게 끓여 식탁에 올렸다. 숟가락으로 한술 떠 맛본 남편이 말했다.

"맛이 뭐 이래? 네 맛도 내 맛도 아니네!"

내 얼굴은 얼음장처럼 차가워지고 검은 그림자가 드리웠다. 눈치 없이 아들도 거들었다.

"엄마, 맛이 진짜 이상해."

아들이 얄미웠다. 밥을 먹는 둥 마는 둥 했다. 가족이 숟가락을 놓는 동시에 식탁에 덩그렇게 놓인 찌개를 개수대에 부어버렸다. 설거지하는 소리도 요란해졌고 집안 분위기는 싸늘해졌다. 그제야 상황 파악이 된 아들은 눈치 보느라 안절부절못했다. 음식 투정을 유별나게 부리는 남편이 미웠다. 나는 애꿎은 그릇에 화풀이하며 혼자 눈물을 훔쳤다. 소박했던 나의 꿈은 수포가 되었다.

신혼 시절, 시댁에서 뭇국을 끓였다가 눈물 쏙 뺀 일이 기억난다. 방학하여 아들을 데리고 시댁에 갔다. 시어머니 퇴근 전에 저녁을 준비해야 했다. 요리에 자신이 없는 나는 저녁을 어떻게 준비해야 할지 고민되었다. 냉장고를 열어보니 무가 보였다. 냄비에 들기름을 붓고 채 썬 무를 넣어 뭇국을 시원하게 끓였다. 퇴근한 시어머니는 음식 냄새가 나는 냄비 뚜껑을 열더니 대뜸 화난 목소리로 말씀하셨다.

"너는 돈 쓰는 것이 그렇게 아깝니?"

순간 당황했다. 눈물이 소리 없이 볼을 타고 흘러내렸다. 저녁을 어떻게 먹었는지 모른다. 설거지를 마치고 곧장 화장실로 직행했다. 숨죽여 눈물을 짜면서 울었다. 얼마의 시간이 지났을까! 혼자 화장실을 독차지하고 있음을 알았다. 지갑을 들고 밖으로 나갔다. 찬 바람을 쐬며 걷는데 오만가지 생각이 들었다. 아이를 데리고서라도 근처 시장에 가서 찬거리를 준비했어야 했나? 내가 그렇게 잘못한 것일까? 결혼 생활이 이런 것인가? 그때 맛있어 보이는 복숭아가 눈에 들어옴과 동시에 시어머니의 말이 떠올랐다. 복숭아 가격이 꽤 비쌌지만 망설임 없이 사 들고 집으로 들어갔던 기억이 난다.

결혼 31년 주부로 산 지금은 요리 솜씨도 많이 늘었다. 내가 만든 음식이 맛있다고 남편은 엄지를 치켜세우고 환하게 웃으며 말한다.

"맛있어. 진짜 맛있네! 당신 요리 솜씨 인정해!"

유난히 어렵게 여겨졌던 시어머니의 말씀도 이젠 한결 편하다. 세월 따라 약해진 시어머니의 모습이 측은하기도 하다. 가끔, 자식에게 느끼는 서운한 감정을 나에게 드러내신다.

가족이라는 울타리 안에서 세상 다 가진 것과 같은 기쁨과 감사가 넘실거려 행복할 때가 있는가 하면, 작디작은 혀의 잘못된 놀림으로 서로

가 상처를 주고받기도 한다. 최근에 가슴에 고이 묻어 둔 이야기를 꺼내
놓았다. 그땐 아주 힘들었다고, 속상했다고 덤덤하게 털어놓았다. 이젠
가벼워진 마음으로 남편과 시어머니를 대한다. 어느 노랫말 가사처럼 나
도 익어가는 나이가 된 것 같다.

50대 김희정

나는 상담전문가이다.

하루에도 많은 분과 상담실에서 만나 아픔, 상처, 슬픔, 외로움, 우울, 자살 시도, 외도, 중독 등 그들의 삶에 깊숙이 들어가 함께 하고 있다. 그렇다 보니 삶에 대한 알아차림, 통찰, 깨달음 등 참 많이 고뇌하면서 삶에서 실천하려고 한다. 특히 겸손을 미덕(美德)으로 여기며 생활하려고 무진장 노력하는 사람 중 한 사람이다.

상처 입은 자들과 함께하며 깨달은 것들에 대하여 나눔으로써 독자들 역시 자신들의 삶에서 실천해 보기를 권한다.

임상 현장에서 통찰한 것은 많지만, 몇 가지만 여기서 소개하고자 한다. 먼저, 우리에게 전해 내려져 오고 있는 속담들은 버릴 때가 하나도 없더라는 것이다. 이미 그런 속담을 만들어 낸 그분들이야말로 이름 석 자 남기지 않았지만, 심리학자들이라 말하고 싶다.

'심은 대로 거둔다.'라는 말이 있다.
좋은 것만 거둘 것이라 생각하는 분들이 의외로 많았다. 전혀 그렇지 않다는 것을 명심했으면 좋겠다. 좋은 것이든, 나쁜 것이든 내가 뿌린 것이라면 거둔다는 생각으로 좋은 것만 뿌리길 권한다. 내게서 나가는 모든 행동이, 내 입에서 나가는 모든 말들이 좋은 것들이길 바란다. 뿌린 것에 대한 거둬들임이 설령 내 대에서가 아니고 내 후손이 거둔다고 한다면 더욱 그렇다. 요즘은 시대가 급속도로 변하다 보니 내 대에서 뿌리고 내 대에서 거둔다는 말이 나도는 세상에 우리는 살아가고 있다.

'개구리 올챙이 시절 모른다.'라는 말이 있다.
과거의 자신을 잊어버리고 현재 위치에서 자기 자신이 잘난 것으로 착각하는 분들 역시 많았다. 과거에 매이는 것은 바람직한 현상이 아니지만, 자신이 어떤 처지로 살아왔는지만은 잊지 않고 겸손했으면 좋겠다.

'낮말은 새가 듣고 밤말은 쥐가 듣는다.'라는 말이 있다.
상대가 없는 자리에서는 그 사람에 관하여 이야기하지 않길 바란다. 없는 자리에서 한 이야기가 그 사람의 귀에 들어가도 괜찮다면 해도 되리라 본다. 이처럼 우리는 언제 어디서나 말조심하며 살아가야 할 것이다. 그것은 곧 나를 지키는 일이기 때문이다.

이 외에도 참 많은 속담이 내 삶에 많은 통찰과 깨달음으로 이어졌다.

'열 길 물속은 알아도 한 길 사람 속은 모른다.'라는 말이 있다.
그 한 길 사람 속 모르는 부분을 알 수 있는 일반적인 사람은 거의 없을 것이다. 그러니 함부로 타인을 안다고 말하지 않길 바란다. 긍정적인 부분만 보고 있었는데, 부정적인 면을 발견하게 될 때는 실망이란 단어로 관계를 끝내버릴 수도 있기 때문이다. 이렇듯 우리는 쉽게 타인을 알고 있다고 오판(誤判)하지 않기를 바란다. 그저 있는 그대로 한 사람을 바라봐 주길 바란다.

우리는 존재 자체로 소중하고 귀하기 때문이다.

50대 신유정

사무치게 그리운 친정엄마. 세월이 지나도 마음에서 떠나지 않고 여전히 머물고 계신다.

시골에서 농사일로 허리 한번 펴지 못하고 살았던 엄마. 자그마한 체구에 어디서 에너지가 나오는지 새벽에 눈을 뜨면 엄마가 보이지 않는다. 나는 친정엄마 아침 도시락을 준비해서 집안 소유의 밭이 있는 산으로 엄마를 찾아 헤맨다. 온 산을 돌아다니며 "엄마!"를 외친다. 나뭇가지에 걸려놓은 옷을 보며 엄마를 찾아간다. 멀리서 자그마한 체구의 엄마가 불 쏘시기로 할 것을 모으고 있다.

인기척이 났는지 엄마가 뒤를 돌아보신다.

"일찍 왔구나. 엄마 이것만 하면 되니 잠시 앉아 있어."라고 말씀하시곤 했다.

엄마의 일을 조금 도와 드리기 위해 주변의 나뭇가지를 가져다 엄마에게 드린다. 엄마는 짚으로 만든 새끼를 꼬는 줄을 놓고 굵은 가지를 올려놓으며 조금씩 쌓아 올린다. 내 키보다 높은 나뭇짐을 묶어 놓고 아침 식사를 간단하게 하고 다시 일을 시작하신다.

나의 어린 시절은 엄마의 일하는 뒷모습으로 기억된다. 시골에서 얼굴이 까맣게 타며 쉬지 않고 일만 하셨던 엄마는 가족들과 같이 서울 상경을 하셨다. 서울에 와서도 수변 분들을 도와주는 보람으로 사셨다.

　성인이 되고 결혼하면서 친정엄마는 큰오빠 사업장이 있고, 내가 사는 곳으로 오셨다. 막내딸을 멀리 시집보내기 싫어했던 엄마는 나를 자주 본다는 것만으로 기뻐하셨다. 엄마는 외손주 둘을 키워주셨고 두 아들은 할머니를 잘 따랐다.

　시골에서 상경할 때 엄마는 까만 얼굴이었다. 서울에 살면서 피부색이 점점 밝아졌다. 여름엔 하얀 모시 적삼과 치마를 입고 굽 있는 신발을 신고 양산을 들고 우리 집으로 오셨다. 같은 아파트에 사는 이웃 주민들도 엄마의 모습을 보며 "너무 고우세요."라고 말씀하셨다. 아들 둘을 돌보러 오실 때 엄마의 모습이었다.

　엄마는 노인대학에 다니셨다. 활동적이던 엄마는 계단에서 다치셔서 무릎 수술과 고관절 수술을 하고 경과가 좋지 않아 누워 계셨다. 엄마는 수영장에 가고 싶어 하셨다. 물에 가면 걸을 수 있을 거라며 나에게 데려다 달라고 하셨다. 혼자서 계실 수 없다는 것을 아는 나로서는 마음이 아팠다. "엄마, 지금은 가실 수 없어요. 다리 다 나으시면 그때 가요."라고 말씀드렸다. 끝내 엄마는 다시 일어나시지 못하고 돌아가셨다. 아직도 그때를 생각하며 죄송한 마음이 든다. 가슴에 무언가 맺히고 뭉쳐서 남아있는 듯하다.

나를 춤추게 하는 가족 교향곡

내 안에는 엄마에 대한 죄송한 마음과 고마운 마음이 든다. "엄마! 고맙습니다. 사랑합니다."라는 말을 많이 하지 못했다. 당연하다고 생각하지는 않았지만, 그때는 그랬다. 엄마가 돌아가시고 난 뒤 더 많이 표현할 것을 왜 하지 못했을까 후회가 남는다. 후회는 한 번으로 충분하다. 미루지 말고 지금 바로 시작하자. 고마운 사람, 사랑하는 사람에게 나의 언어로 표현해 본다. 고맙습니다. 감사합니다. 사랑합니다.

가슴에 있는 말 말 말

40대 권정란

나이가 들어간다는 건 쉽게 내 감정을 들켜선 안 된다. 아니 그렇게 되어야 할 것처럼 누르며 살아간다. 혹시 누구라도 내 감정을 들여다볼까봐 아무 일도 없던 것처럼, 아무렇지 않은 것처럼 덤덤한 척을 해본다. 문득 어딘가에서 들려오는 위로의 말에 감정이 들썩거린다. 나한테 하는 말도 아닌데, 마치 팔팔 끓는 냄비 뚜껑처럼 감정이 달그락거린다. 금방 끓어 넘칠 것처럼 말이다.

가슴 깊이 숨겨 둔 말, 누구나 그런 말이 있다. 절대 꺼내어선 안 된다. 그 말을 꺼내는 순간 허공의 비눗방울처럼 터질지도 모르니까.

누군가의 평범한 삶이 내게는 특별한 순간들일 때가 있다. 나에게도 그런 순간이 있었다. 교복 입은 여학생들의 모습이 나에게는 그랬다. 딸의 오랜 항암치료로 중학교 입학을 하지 못하던 때, 또래 아이들의 교복 입은 모습이 나에게는 눈물 나게 예뻐 보였다. 재잘거리는 아이들의 이야기 소리도, 어색하게 화장한 얼굴도, 앞머리에 말고 있는 동그란 헤어롤러도, 짧은 교복 치마도 그저 부럽기만 했다.

입고 가지도 못하는 교복을 맞췄다. 언젠가는 입고 등교하는 딸을 상

나를 춤추게 하는 가족 교향곡

상하면서….

그렇게 내 딸은 나의 눈물 버튼이 되었다.

가끔 눌러 놓았던 내 가슴 속말들은 목구멍을 향해 올라오고, 그 말은 꾹꾹 눌러 담을수록 눈에서 뜨거운 눈물로 떨어진다. 내 눈물이 내 딸의 미안함이기를 알기에 그 앞에서는 눈물을 삼킬 수밖에 없다.

힘들 때 소리 내 편히 울 곳 하나 없는 나의 삶.

오늘도 장 본다고 말하고 시장을 나선다. 울컥 올라오는 울음에 골목 구석 어딘가에 주저앉아 혼자 '꺽꺽' 거리며 운다. 드라이브를 핑계로 차를 타고 나와 차에 홀로 앉아 마음껏 울어본다. 이렇게 한참 감정을 토해내고 나면 아무 일도 없던 것처럼 다시 제자리로 돌아올 힘이 생긴다.

딸과의 10년, 20년 뒤를 상상해 본다. 그러다 지나가는 모녀를 보았다. 성인이 된 딸과 환갑쯤 보이는 엄마가 티격태격하는 모습을 보며 그 모습이 그저 부럽다.

'나도 나중에 저렇게 하고 싶다'는 생각이 든다.

내 마음 깊숙이 박혀 있는 말,
'나도 딸과 함께 늙어가고 싶다'

가슴에 있는 말 말 말

50대 이은주

남편에게 사랑받으며 행복하게 살기를 꿈꾸었다. 그렇지만 행복은 내 것이 아니었다. 남편은 술 마시면 이성을 잃은 사람이었다. 나의 소박한 꿈은 사라지고 하루하루 삶을 힘겨워했다.

아빠의 일로 엄마가 불행하니 그 불행이 아이들에게 고스란히 전해졌다. 나의 기분에 따라 아이들 마음이 행복했다가 불행했다가를 롤러코스터를 타듯이 했다. 또한, 집안 분위기도 암흑 그 자체였다. 어느 날 딸과 다투게 되었는데 딸이 나에게 화를 냈다. 딸의 화난 모습이 나를 보고 배웠다는 생각까지 들었다.

아이들과 행복하게 살려면 어떻게 살아야 하나? 나에게 물어본다. 허구한 날 간다는 생각을 버리고 지혜롭게 살라는 내면의 소리가 들린다. 지혜롭게 사는 방법이 무엇이 있을까? 그래 일단은 떠난다는 생각을 마음 깊은 곳에 버리자.

엄마가 행복해야 아이들도 행복하다는 것을 깨닫게 되었다. 현실에서 내가 행복해지기 위해 '나는 행복하다. 나는 멋지다. 나는 건강하다.'를 외쳤다. 화장실에서 거울을 보고 외치고 차를 타고 혼자 운전하고 갈 때

210   나를 춤추게 하는 가족 교향곡

도 큰 소리로 외쳤다. 우울할 때나 기쁠 때나 그 행동은 멈추지 않았다. 기쁠 때는 기뻐서 외치고 슬플 때는 슬퍼서 외쳤다.

외치고 또 외쳤다. 상황은 변하지 않았지만 내 마음이 신기하게도 행복해지는 것을 느꼈다. 내가 긍정적으로 생각하고 행동이 변하니 자연스럽게 아이들도 내 품 안에서 안정을 찾아 잘 자라 주었다. 모든 일에 긍정의 시선으로 바라보고 행복하다고 외쳤더니 남편도 아주 멋진 사람으로 변했다. 이제는 온 가족이 행복하게 살고 있다. 힘든 시간을 보내는 사람이 있다면 나처럼 '나는 행복하다. 나는 멋지다. 나는 건강하다.'를 외치면 살아갈 힘이 생길 것이라 생각된다.

어떤 말을 하느냐에 따라 살아 낼 힘을 주기도 하고 또한 말로 사람을 죽일 수도 있다. 이렇게 말은 중요하다. 오늘도 사람을 살리는 말, 긍정의 말, 위로의 말을 남편과 아이들에게 한다.

"자기야, 사랑해."
"너희가 엄마, 아들딸로 태어나줘서 고맙다."
"엄마가 내 엄마여서 행복해요."

아이들이 나에게 웃으며 말한다. 우리 가족은 사랑의 말로 서로에게 힘이 되어 주고 있다.

가슴에 있는 말 말 말

40대 장희선

안녕 나야!

너는 10년 전의 나야.

반가워.

지금 너를 보며 해주고 싶은 말이 있단다.

그래서 편지를 쓰게 되었어.

너는 지금 무척 혼란스럽고 갈팡질팡 헤매고 있지!

무엇을 먼저 할지 잘 모르고 있지!

누군가 때문에 자꾸 힘들어지지.

사업을 하는 게 맞는지 집에서 쉬는 게 맞는지 잘 모르겠지.

집을 옮겨야 하는지 말아야 하는지도 결정이 안 되지!

나야!

걱정하지 마.

모든 일은 잘 풀려있어.

사업도 잘 되었고

네 건강도 회복되었고

아이는 잘 자라서 훌륭한 인물이 되었고

남편도 무사히 건강하게 잘 지내고 있어

나를 춤추게 하는 가족 교향곡

모든 것은 그때 네가 기도하던 대로 다 잘 되었어.

그리고 너는 지금 네가 꿈꾸던 집에서 부자로 잘살고 있단다.

너는 멋지고 훌륭한 사업가가 되었고 게다가 누구나 부러워하는 인플루언서가 되었단다.

지금 네가 염려하고 힘들어하는 모든 것들이 다 순조롭게 잘 풀려서 하나도 어려울 게 없단다.

나야!

나는 미래의 너야.

너는 더욱 빛날 거고 행복할 거고 기쁨이 충만할 거야.

걱정하지 마.

하나도.

가슴에 있는 말 말 말

50대 홍현정

울 형제 중 막내인 남동생은 결혼을 잘했다. 작은올케는 막내 남동생 와이프다. 나보다 나이가 어리지만, 성품이 좋다. 집안이 좋고 학벌 좋은 것보다 우선하여 심성이 국가대표급이다. 여동생과 나 그리고 큰올케는 나이가 두 살 차이로 모두 비슷한 연령대다.

남동생이 결혼 초 둘이 맞춰가는 시점에 결혼 선배로서 부부의 관계는 서로를 위해 노력해야 한다고 얘기를 해줬다. 바라는 바를 서로 대화로 맞춰가야 한다는 이야기를 작은올케는 잘 받아들였다. 큰올케에게 "형님, 형님" 하면서 잘 맞춰가는 모습도 예쁘고 고맙다. 마음 씀씀이가 배울 점이 많고 가족 화목을 위해 노력하는 모습을 칭찬하고 싶다.

아들 하나에 딸 5자매 중 작은올케는 쌍둥이 막내다. 쌍둥이 자매가 친구도 같고 둘이 절친처럼 지내는 모습이 아주 좋다. 작은올케는 아들을 둘 낳았다. 작은올케의 심성을 우리 두 조카가 그대로 닮았다. 남동생의 급한 성격보다 작은올케의 차분한 성품을 닮은 두 조카도 멋지게 잘 성장하고 있다. 작은올케는 같은 말이라도 듣기 좋게 하는데 입에 발린 말이 아니라 진심으로 하는 말이어서 더 와닿는다.

나를 춤추게 하는 가족 교향곡

작은올케를 알고 지낸 세월이 27년 정도다. 결혼 초 남동생과 서로 알아가는 과정에 있을 때 우리 집으로 와 남동생의 성격이나 성장에 관하여 이야기를 나눴다. 시누이로서 남동생 입장보다 작은올케 입장에서 언니로서 마음을 알아주는 이야기를 많이 나눴다.

세월을 지나며 올케의 마음 쏨쏨이가 남다르게 느껴졌다. 사는 게 다 아롱이다롱이라지만 엄마의 자리, 아내의 자리가 가족에게 어떤 안정감을 주는지 작은올케를 보면서 많이 느낀다. 급한 성격의 남동생에게도 늘 안정적이고 같이 반응하지 않는 선에 아내의 자리를 지켰다.

내 나이가 50을 훌쩍 넘은 지금 시점에서 작은올케를 생각하니 본인도 마음이 힘든 시간이 많았을 텐데 남편을 잘 이해하고 아이들도 편안하게 지도하는 엄마의 위치를 잘 감당해줬다. 우리 가족의 한 일원으로 결혼으로 맺어진 인연인데 많은 인연 중 작은올케와의 인연도 하늘이 내린 인연이다. 멀리 하늘나라로 가신 엄마의 인품을 생각나게 하는 성품이다. 꿋꿋하게 본인이 생각대로 인내하며 나아가는 삶을 보여주는 작은올케의 마음 쏨쏨이에 이번 지면을 빌려 감사의 마음을 전한다. 작은올케로 인해 더 부드럽고 우애 있는 형제애를 나눌 수 있다. 제각각인 성격들을 다 아우르고 막내라는 입장에서 분위기를 만들어 가는 작은올케 덕분에 우리는 늘 평범한 가족애를 나눌 수 있다.

큰올케와도 잘 지낸다. 본인 마음 힘들었을 때도 해소하는 방법이 큰시누인 나에게 전화해 하소연하는 정도다. 시누이 입장에서 볼 때 혹시 본인이 실수한 게 있는지 큰올케에게 말하면 서로 틀어질 일일 텐데 시누이인 나에게 전화해 풀어가는 지혜를 보면 나도 크게 배운다. 관계에서 생기는 일을 잘 풀어나가는 작은올케를 응원하며, 나도 관계에서 오는 문제들을 작은올케처럼 풀어가게 된다. 촉을 세우지 않고 본인을 내세우지 않으며 관계를 부드럽게 하는 작은올케의 심성에서 배운다.

가슴에 있는 말 말 말

60대 유유정

한참 말을 배우는 어린 손자였다. 남자아이들의 특유한 성품이 있는 것을 알게 된다. 난 여자아이 둘을 낳아서 키우다 보니 남자아이의 특별한 성품을 잘 몰랐다. 3살, 4살 되는 나이였다. 유난히 손자는 바지락 거리고 장난감만 있으면 잘 놀고 집중력이 뛰어난 아이였다.

그 아이로 인해 혼자 배꼽 잡고 웃어야 하는 일들이 있다. 사내아이라 그런지 짓궂기도 하고 노는 방법도 여자아이와는 전혀 다름을 알게 했다. 딸만 키우던 나는 신기하게 받아들여진다. 우리 손자의 행동으로 엄마는 아이한테 '이놈의 자식아, 말 좀 들어라.' 하며 엉덩이를 툭툭 치며 말을 했다. 그 후로는 인형 엉덩이를 철썩 때리면서 인형에게 "이놈의 자식아, 말 좀 들어라." 하는데 난 거기서 깜짝 놀라게 되었다. 어쩌면 저리도 똑같이 따라 할까? 정말 말조심을 해야겠구나. 아이들 앞에서 나오는 대로 말을 하면 큰 낭패를 부른다.

말에는 큰 힘이 있다는 것은 많이 알고 있을 것이다. 이론상으로는 절대 말을 잘해야 한다. 당연히 알고 있다. 일반적으로 우리는 감정에 따라 말을 할 때가 많다. 나 역시도 평범하게 아무 일이 없을 때는 말을 잘하자 생각한다. 어쩌다 감정이 상하는 일이 생기면 나도 모르게 욱하는 성격으로 화나는 말투가 나오는 것을 나 자신이 알아차린다. 말을 나쁘게 하려면 내 마음은 미리 화가 나 있고 스스로 자신에게 화가 나 있다는 것이 내 몸이 먼저 알고 있다. 그러니 말을 나쁘게 하려면 내 몸이 먼저 상해야 다른 사람에게 듣기 심한 말을 하게 된다. 화가 나는 그 순간 마음을 잘 다스려야 한다.

생각은 소리 없는 힘이라 한다. 소리 없이 전달하는 생각의 힘이 바로 말로 이어지는 실행을 이행하도록 한다. 화가 나는 상대의 말에 현혹되지 않는 연습을 해야 한다.

마냥 어린아이로 알고 있던 금쪽같은 나의 손녀의 말이다. 어른들은 자신이 생각하는 대로 말하면서 "왜? 우리는 왜 안돼?" 되묻는 손녀의 말에 할 말을 못 할 때가 있다. 아이들은 야단을 치는 표현을 하면 더 빗나가는 성향을 보게 된다. 칭찬하면서 잘 할 수 있다고 이야기해 주니 스스로 알아서 할 일을 하는 것을 경험하게 된다. 내가 어린아이의 엄마일 때 역시나 나도 우리 아이들에게 심하게 나쁜 말을 하면서 말 안 듣는다는 핑계로 야단을 치고 소리도 지르며 사랑인 듯 키웠다. 다시는 말 안 들으면 큰일이 벌어질 듯이 겁을 주며 키웠던 기억이 있다. 어른들이 잘못 알고 있는 생각과 지식으로, 말로 인해 한 아이가 상처받는 일도 흔하게 있는 것도 보게 된다. 그런 것이 사랑이 아닌데 말이다.

말로 상처를 받게 되면 수년간 치료를 받아야 하는 결론을 알게 됐다. 아무리 사랑한다고 해놓고 말로 아프게 하면 상대는 마음이 점점 차가워지며 마음이 얼음이 되어 버리는 현상이 난다. 얼어버린 마음을 녹이

나를 춤추게 하는 가족 교향곡

고 치료하는데 많은 시간과 돈을 투자해야 할 것이다. 잘못하면 아이들을 가혹하게 야단을 치는 것을 그게 사랑이라 한다. 가르침이라 하며 어른 자신의 기준에 맞추어서 약자인 아이에게 마구 퍼붓는 말들이 나를 되돌아보게 하며 후회를 하게 할 때가 있다.

제3장 꼭 전하고픈 말

마지막 순간

영원히 살 것처럼 꿈꾸고
오늘 죽을 것처럼 살아라.

-제임스 딘-

만약 당신의 아들딸에게
단 하나의 재능만을 줄 수 있다면
열정을 주어라.

-브루스 바튼-

마지막 순간

40대 강은혜

인간에게는 누구나 마지막이 있다. 어린 시절에 나는 늘 '죽음'에 대해 생각했다. 죽음에 대한 막연한 공포와 두려움 그리고 '내가 죽으면 과연 이 세상에서 진심으로 나의 죽음을 슬퍼해 줄 사람이 있을까?'라는 생각 들이었다.

'호랑이는 죽어서 가죽을 남기고, 사람은 죽어서 이름을 남긴다'고 한다. 내 이름은 어떻게 기억될까? 돌아가신 외할머니를 기억하며 내가 약간의 그리움과 함께 미소를 지을 수 있는 것처럼 나의 자녀들 그리고 나와 함께 했던 이들이 나를 그렇게 추억하기를 바란다. 나와의 따뜻한 기억들이 그들에게 오늘 하루를 살아갈 힘이 되기를 기도한다.

마지막 순간이 오면 나는 무슨 생각을 하게 될까? 그동안 살아왔던 순간들이 파노라마처럼 펼쳐질까? 내가 사랑하고 나를 사랑하는 사람들의 얼굴을 떠올리며, 미련보다는 감사하는 마음을 가지고 떠나고 싶다. 그리고 비석에는 이런 글귀를 남길 것이다.

'사랑하고 사랑받기를 원하던 강은혜, 여기 잠들다.'
'Grace Kang who wants to love and to be loved is here, rest in peace.'

그리고 나는 새로운 여행을 떠날 것이다.

사람들은 한 번뿐인 인생에 후회를 남기고 싶지 않다고 하고 때론 자기 즐거움과 행복을 위해서라면 무엇이든지 한다. 하지만 나는 마지막이 영원한 끝이 아님을 알고 있다. 'Home'의 가사처럼 아무런 고통과 괴로움이 없는 곳, 'Home' 언젠가는 나도 가게 될 그곳. 그때가 되면 나는 기쁨의 눈물을 흘리며 나는 최선을 다했노라고 고백하고 싶디.

그리고 거기서 영원한 쉼을 누릴 것이다.

나를 춤추게 하는 가족 교향곡

마지막 순간

30대 이선미

누구에게나 의미 있는 순간들이 있다. 태어난 생일이나, 기념일, 또 특별한 에피소드가 있었던 날 들이다. 무엇이든 누구에게든 시작이 있으면 끝이 있다. 우리의 삶도, 여행도, 직장 생활도, 인간관계도 마찬가지이다. 마지막 순간은 언제나 아쉬움과 후회가 남는다.

가족 중에서 남편은 사랑해서 선택한 사람이지만 부모님과 자녀는 우리의 선택이라고 하기에 무리가 있다. 내가 이 세상에 태어난 것도 나의 의지가 아니고, 태어나보니 나의 엄마, 아빠가 먼저 이 세상에 부모의 모습으로 있었다. 나의 자녀 또한 내가 아이를 낳겠다고 계획을 했을 뿐 성별도, 외모도, 성격도 내 의지대로 된 것은 없다. 우리가 원해서 선택한 인연이 아닐지라도 그 인연을 세상의 둘도 없는 사랑하는 가족으로 만드는 데는 서로 존중하고 배려하고 감사하는 마음이 필요하다.

부모님과 함께 살았던 시절을 뒤돌아 생각해보면, 우리 가족은 여느 가정처럼 그저 같이 밥을 먹고 함께 살아온 평범한 가족이었다. 하지만 그 평범함이 얼마나 감사한 일인 줄 안다. 내가 누리고 있는 것 중에 당연하게 된 것을 하나도 없다. 부모님의 노고와 값없이 주신 사랑이 있었기에 지금의 내가 있다는 생각이 든다.

나는 가끔 아빠와 전화 통화를 한다. 그냥 안부만 묻는 것이 아니라 고민이 있을 때는 삶의 선배에게 인생 상담도 하고, 기쁜 일이 있을 때는 마음껏 자랑한다. 아빠가 해주신 말씀 중에 내 마음에 울림이 있던 말이 있다. "부모와 자식이 서로의 마음을 진정으로 알게 되고 마음을 나눌 수 있는 시간은 인생의 고작 몇십 년밖에 되지 않는다." 이 이야기를 들었던 때가 23세 정도였기에, 아직 부모라는 역할의 무게를 몰라, 그저 그렇겠구나, 생각하고 지나갔다. 내가 가정을 이루고 진짜 부모가 되어서야 부모님의 마음을 조금이나마 알게 되는 것 같다.

마지막 순간 부모님께 해 드리고 싶은 말은,

엄마, 아빠 나의 부모님으로 이 세상에 먼저 있어 주시고, 사랑받는 아이로 자라게 해 주셔서 감사합니다. 삶의 전반부를 부모님과 함께 지내면서, 희로애락(喜怒哀樂)을 함께 하며, 부모님으로부터 받은 것이 얼마나 많은지 셀 수 없습니다. 값없이 받은 사랑, 나의 아이들에게 나누어 주며 부모님과 같은 부모가 될 것입니다. 엄마, 아빠의 딸임에 긍지를 느끼며 살겠습니다. 내 삶은 부모님 덕분에 모든 것이 감사로 시작해서 감사로 끝납니다.

마지막 순간

50대 정서인

첫째 아이를 낳으려고 수술대에 올라갔을 때 죽을 수도 있다는 생각을 처음으로 했다. 사람들의 말처럼 수술실로 들어가면서 벗어놓은 신발을 쳐다보았다. 산부인과에서 폐결핵 진단을 받은 뒤라 부분 마취하여 수술했다. 의사의 손놀림이 다 들렸다. 무서움이 밀려왔다. 이러다 내가 깨어나지 못하면 어쩌지? 벗어놓은 신발을 다시 신을 수 있을까? 깨어보니 병실이었다.

처음 자동차를 구매하고 시골 갔다 오는 길에 있었던 일이다. 국도 1차선에서 남편은 앞에 가는 차를 추월하려고 했다. 너무 놀란 나머지 아무 소리도 내지 못했다. 죽을 수 있겠다는 생각이 순간 들었다. 아주 짧은 찰나 숨이 쉬어지지 않았다. 심장이 멎는 거 같았다. 맞은편에서 차가 오고 있었는데 남편은 차를 보지 못했다고 했다. 서로가 위험한 순간을 잘 모면했지만, 교통사고로 죽는 사람의 위험한 순간이 될 뻔한 상황을 경험했다. 손과 발이 덜덜 떨려 한참 동안 멍하니 있었다.

9년 전 3월, 어머니 건강 상태가 좋지 않다는 소식을 듣고 총알같이 달려갔다. 어머니는 곤히 주무시고 있었다. 조용히 방을 나왔다. 이튿날 다시 어머니를 만나러 갔다. 아무런 말씀도 하지 못하셨다. 힘이 없어 보였다. 마음속에서 쓰라린 감정이 울컥 올라왔다. 내가 눈물을 보이면 어머니가 마음 아파할까 봐 애써 태연한 척했다.

"엄마, 물 좀 드릴까요?"

컵에 물을 조금 담아 빨대를 꽂아 드렸다. 이게 웬일인가! 어머니는 있는 힘을 다해 물을 쭉 빨아들이셨다. 물을 마실 힘도 없고, 눈을 깜박일 힘조차 없어 보이는 어머니가 너무 가여웠다. 마음이 아팠다. 어제까지 숟가락으로 떠 주는 물을 받아 드셨다는 말을 들으니 어머니와 이별할 때가 되었음을 직감했다. 사흘 뒤 새벽에 조용히 주무시다 돌아가셨다. 어머니는 기둥 같은 아들을 먼저 보내고, 두 딸을 헌신적으로 키우셨다. 죽음을 초연한 자세로 받아들이며 팔십 이세로 생을 마감한 어머니. 입관식 때 마주한 어머니의 표정은 평온함 그 자체였다. 한이 많은 여자의 일생을 숭고하게 마감한 어머니가 위대해 보였다.

먼저 떠난 어머니도 남아있는 나에게도 죽음은 삶의 한 부분이다. 언젠가는 나에게도 마지막 순간이 찾아오겠지. 죽음을 앞에 두고 지나온 삶에 관해 회한의 눈물을 흘리고 싶지 않다. 살아있는 현재를 좀 더 겸허히 살아야겠다 다짐해 본다.

'행복'의 가사처럼 화려하지 않아도 정결하게 사는 삶, 가진 것이 적어도 감사하는 삶, 내게 주신 작은 힘 나눠주며 사는 삶, 눈물 날일 많지만 기도할 수 있는 것, 억울한 일 많으나 주를 위해 참는 것이 나의 삶의 행복이라 여기며 매 순간 오늘이 마지막이라 생각하고 진지하게 삶을 대하고 싶다.

죽음이란 또 다른 시작을 의미하는 것이기에….

나를 춤추게 하는 가족 교향곡

마지막 순간

50대 김희정

'써니'는 2011년 소녀들의 웃픈 이야기를 코믹 장르에 맞게 그려 낸 영화이다. 장례식장에서 여섯 명의 친구들이 추억함과 동시에 춤을 추면서 한 명의 친구를 떠나보내는 것이 영화의 마지막 장면이다. 많은 사람이 이 장면을 보면서 자신의 죽음에 대하여 생각해보는 계기가 되지 않았을까 나름대로 생각하여 본다.

내게는 장례식장에서 사용할 나의 영정사진이 있다. '엥, 뭔 소리. 무슨 뚱딴지같은 소리야. 죽을 날 받아놨어?'라고 할 수도 있겠다. 죽을 날 받아 놓은 사람은 아니지만, 나는 정해두었다. 죽은 후 묘비에 써넣을 글들도 미리 적어 남겨두는 사람들도 많은데 사진이라고 사전에 찜해 두지 말란 법은 없지 않겠는가.

보면 볼수록 마음에 들뿐더러 자연스럽고 행복해하는 모습이 내가 선택한 이유였다. 와인을 두어 잔 마신 터라 얼굴빛은 불그스레하고 눈은 반쯤 감긴 상태에서 입가엔 미소가 번진다. 거기에 와인 잔을 들고서 "나, 너무 좋아서 행복해."라고 말하는 것처럼 느껴진다.

결혼한 지 2년이 채 되기도 전에 시아버지께서는 췌장암 말기로 피를 위와 아래로 쏟아 내시더니 돌아가셨다. 시어머니의 임종은 지켜드리지 못하였고, 친정아버지와 친정어머니 두 분의 임종은 지켜드릴 수 있었다. 백세까지 산다는 세상에서 네 분은 허무하게 돌아가셨다. 자식들 손이라도 잡으면서 눈도 마주치고 '사랑했다' 말이라도 듣고 가셨다면 서운하지 않으련만 그런 길이 아니어서 한(恨)도 생겨났다. 삶의 마지막 순간을 어떻게 맞이하고 이별하는 것이 남은 자와 가는 자에 좋을지 생각하게 되었다.

가족들에겐 아직 나의 영정사진에 관하여 이야기하지 않았지만 인화 후 액자에 담아 와 할 생각이다. 두 명의 친구만이 사진을 전송받은 터라 알고 있을 뿐이다. 나중에라도 더 행복해하는 사진이 있다면 교체는 얼마든지 가능하다.

와인 한 잔으로 목을 축이며 한 송이 국화꽃 대신 한 소절이라도 내가 즐겨 부르던 노래를 불러주고 춤이라도 추어주길 바란다. 희로애락(喜怒哀樂)의 감정을 파도 타며 한평생 살았는데, 가는 길목에서만큼은 행복해하는 모습으로 잔잔하게 생을 마감하고 싶다. 시인은 아니지만, 시어(詩語)처럼 간결하고 우아한 모습으로 이별(離別)해도 괜찮지 않을까 싶다.

자,
마지막 순간만큼은 가장 행복하게 안녕을 고하는 그녀를 위하여 다 같이 건배.

나를 춤추게 하는 가족 교향곡

마지막 순간

50대 신유정

길가에 낙엽을 보면 아직도 설렌다. 가을, 겨울이 지나면 나무들이 모두 앙상한 가지만을 남기고 낙엽은 바닥에 떨어진다. 낙엽을 밟으면 바사삭 소리가 들려오며 옷깃을 여며야 한다고 생각한다. 우리의 삶 또한 나무와 같다. 젊었을 때는 푸르름으로 청춘을 불사르며 지내온 시간. 이제는 세월의 흔적만 남긴 이마의 주름들. 이제는 젊지 않다는 것을 알고 슬퍼한다. 얼굴에 보톡스를 맞아 얼굴을 팽팽하게 하여 젊게 보이지만 가장 중요한 우리 안의 보이지 않는 오장육부는 주름을 펼 수 없다.

어느 날 혼자서는 몸을 움직일 수가 없었다. 이대로 움직이지 못하는 상태로 살아가야 한다는 생각에 두려운 마음이 들었다. 손가락에 힘이 빠져 수저도 들 수 없을 정도로 힘이 없었다. 말은 할 수 있지만, 몸이 자유롭게 움직이지 못하는 경우가 생겼다. 일주일 동안 남편과 아들들의 도움을 받으며 지냈다. 절망적이었다. 밖에 나갈 수 없다는 것, 지금까지 해온 일들을 모두 내려놓아야 한다는 것, 좋은 사람들과 함께 즐겁게 지낼 수 없다는 것에 답답했다.

생의 마지막 순간을 경험하는 일은 다양하다. 마지막이라는 단어는 앞으로 함께 갈 수 없다는 말도 된다. 배움을 시작하고 마무리하는 과정

또한 중요하다. 순간마다 마지막이라고 생각하는 사람은 준비하며 살아간다. 목숨이 끝나는 날까지 자신에게 부끄럽지 않은 사람으로 살아가기 위한 순간순간의 노력이 만들어내는 과정에 결과는 다르다. 세상과 작별할 수 있는 시간에도 준비가 필요하다. 마지막을 고할 때 가지고 갈 수 있는 것은 무엇일까.

마지막 순간을 위해 매일, 매 순간 애를 쓴다면 인생은 즐겁지만은 않을 것이다. 누구에게나 마지막 순간은 있다. 삶을 살아가면서 하나씩 정리와 마무리를 하며 살아야 한다. 집 안을 정리하고, 주변을 정리하고. 관계를 정리하며 살아야 한다. 자신을 사랑하며 삶을 즐길 줄도 알아야 한다. 시간은 멈추어주지 않고 나이만큼 속도를 낸다. 10대는 10대만큼의 속도로, 20대는 20대의 속도로, 40대는 40대 속도로 간다.

"생애 당신을 만나고 이제는 이별을 앞두고 있습니다. 두 아들의 엄마로, 아내로, 이제는 모든 걸 내려놓고 갑니다. 짧은 인생은 아니었지만 사는 동안 열정적으로 살았다고 생각합니다."
많이 웃고 사랑하며 나에게 집중하며 잘 살아왔다. 후회 없이 살려고 노력했으며 선한 영향력을 주고자 노력하며 사는 삶이었다. 마지막이라는 말을 남기고 가려니 아직 미련이 많이 남는다. 더 많이 사랑하고 표현하고 살 걸 하는 생각에 아쉬움이 남는다.

삶의 마지막 순간
길가에 떨어진 낙엽들 사이로 보이는 노란 단풍잎

　　　　　　　　　　나를 춤추게 하는 가족 교향곡

바람결에 굴러들어온 단풍잎 사이로
밝은 아침 햇살이 비춘다.
지금이 내생에 가장 빛나는 날이다.

마지막 순간

40대 권정란

마지막 순간이라 단어를 들었을 때, 나는 딸 생각이 많이 났다.

오랫동안 치료를 받고 있는 딸은 매번 재발이 될 때마다 그 생각을 많이 했다. '이게 안 되면 마지막까지 생각하셔야 합니다.' 의료진에게 많이도 들었다. 나 또한 지금, 이 순간이 마지막이 될까 봐 너무도 겁이 났다. 매번 마지막이 될 것처럼 지금 하고 싶은 일들을 했고, 매번 마지막 계절이 될 것처럼 그 계절을 느꼈다. 그럼에도 불구하고 딸과 나는 긴 여정을 함께 씩씩하게 헤쳐 나가고 있다.

막상 나의 마지막 순간이라고 생각하니 오히려 마음이 편하다. 딸을 간호하면서 그런 생각을 많이도 했다. 마지막 순간이 온다면 내 마지막이 먼저이기를 간절히 바랐다. 내 딸이 나보다 하루라도 더 살기를 바란다. 내가 먼저 간다는 것은 그만큼 딸이 살날이 많아졌다는 증거이기에 나는 마음속으로 간절히 기도한다.

그렇기에 편한 마음으로 이 자리를 빌려 내 마지막 순간 가족들에게 남기고 싶은 말들을 써보려 한다.

내 마지막 순간이 온다면 가장 먼저 딸의 손을 잡고 말하고 싶다.

"내가 먼저 눈 감을 수 있게 지금까지 잘 살아주어 고마워. 순간순간 나의 친구가 되어 주어서 고맙고, 사랑해. 딸아 너와 함께했던 병원 생활

나를 춤추게 하는 가족 교향곡

마저 나에게는 하늘이 주신 기회였고, 그런 너와 많은 교감을 할 수 있어서 행복했단다. 남은 날들도 더 건강하게 하고 싶은 일 마음껏 누리면서 살아가길 바랄게. 내 딸이어서 너무 행복했어."

그리고 남편에게 눈을 맞추며 말할 거다.
"성질 더러운 나 만나서 잘 맞춰주고 아껴주고 많이 사랑해줘서 고마웠어요. 남은 시간 혼자 남아서 외롭게 지내지 말고, 친구들과 아이들과 행복한 시간 많이 보내요. 당신을 만나 행복했어요."

마지막으로 든든한 아들 손을 잡으며,
"아들아, 왠지 모르게 많이 의지가 됐었어. 말없이 엄마 곁을 항상 지켜주고 버팀목이 되어 주어서 엄마는 얼마나 마음이 든든했는지 몰라. 그래서 말인데 엄마가 떠나고 나면 아빠가 아주 힘들지도 몰라. 엄마 없는 자리에 아빠가 힘들지 않도록 아들이 아빠를 잘 챙겨줄 수 있을까? 늘 너에게 부탁해서 미안했고, 고맙고, 사랑해. 언제나 내 아들이었음이 자랑스러웠단다. 사랑한다, 아들."

미리 남겨보는 마지막이지만 사랑하는 가족을 다시는 눈앞에 보지 못한다는 생각에 저절로 눈물이 난다. 몸은 함께이지 못하지만, 마음만은 항상 함께하기를….
내가 살아 온 날들을 후회하지 않고, 행복했던 날들만이 파노라마처럼 스쳐 지나가기를….
내 마지막 순간이 고마운 사람들에게 고마움을 전할 수 있는 시간이 되기를 바란다.

마지막 순간

50대 이은주

몇 해 전에 손윗동서가 갑자기 우리 곁을 떠나갔다. 등이 아프다고 이 병원 저 병원 다녀보아도 차도가 없었다. 계절의 여왕 아름다운 5월에 큰 병원에 가서 진료받고 여러 가지 검사를 받았다. 검사 결과 췌장암이라고 했다. 온 식구가 비상 상태가 되었다. 우리에게는 거짓말처럼 느껴졌다. 또한 치료하면 나을 것이라고 생각했다. 왜냐하면 손윗동서는 건강관리를 나름 잘하고 있다고 생각했기 때문이다. 나는 매일 병원에 갔다. 간병인의 도움을 받았지만, 아주버님이 대부분 간병을 했었다. 살아가면서 갑자기 마지막 순간을 맞이할 때가 있다. 동서가 그렇다. 건강한 모습 두 발로 걸어 본인 스스로 큰 병원에 들어간 지 3개월 보름 만에 세상을 떠났다. 남은 가족은 충격이 컸다. 특히 배우자를 잃은 아주버님은 슬픔에 빠져 헤어 나오지를 못했다.

형님을 떠나보내면서 나의 죽음까지도 생각하게 되었다. 죽음의 마지막 순간이 다가왔을 때 어떻게 맞이할 것이며 사랑스러운 가족들과 마지막 인사를 어떻게 나눠야 하는 걸까?

나에게 손윗동서처럼 갑자기 치유할 수 없는 병이 찾아왔을 때, 병원에서 '당신은 3개월까지 살 수 있습니다.'라고 의사가 사형선고를 했다면 나는 병원에서 가만히 죽음을 맞이하지는 않을 것이다. 치료할 수 없

나를 춤추게 하는 가족 교향곡

는 병을 붙잡고 병원에 있는 것은 시간이 아깝다는 생각이 들었기 때문이다.

병원에서 나와 사랑스러운 가족과 함께 여행도 다니고 맛있는 것도 나눠 먹고 자연스럽게 가족들과 이별의 시간을 가지고 싶다. 오히려 이 시간이 의미가 있는 것이라는 생각이 든다. 아이들에게 유언 아닌 유언처럼 말을 한다. '병원에서 당신의 남은 기간은 3개월입니다.' 하면 엄마를 병원에 입원시키지 말아 달라고 말이다. 남은 가족이 추억으로 살아갈 수 있는 힘을 주기 위해 남은 시간 동안 즐거운 추억을 많이 쌓으리라 다짐해 본다.

얼마 전에 친정엄마에게 전화가 왔다. 국민건강공단에 가서 사전연명의료의향서를 등록하고 왔다고 하셨다. 아무 의식이 없어도 병원에서는 연명치료를 한다. 친정엄마는 자식은 물론이고 본인 자신도 고생하고 싶지 않다면서 그런 결정을 내렸다고 하셨다. 누구나 죽음은 피할 수 없다. 존엄한 삶의 마무리와 자기 결정권이 중요하다. 내가 의식이 있을 때 내 스스로 결정하는 것이 자연의 이치에 따르는 것이다. 이제 60을 바라보는 딸에게도 전화해서 너도 사전연명의료의향서 등록을 하라고 하시면서 이 서방에게도 작성하라고 당부한다.

우리 부부는 간간이 죽음에 대해서 많은 이야기를 나누려고 한다. 그러면 죽음이 닥쳐왔을 때 두렵지 않게 맞이하게 될 것이다.

마지막 순간

40대 장희선

누군가에게 생의 마지막 순간이란 죽음을 의미할지 모르지만 나는 생은 끝없는 성장이며 죽음 이후에도 지속된다고 믿는 사람 중 하나이다. 나는 육체를 입고 사는 신의 형상이고, 나의 삶은 끝없이 전개된다고 믿는다.

나는 지금, 현재 사는 삶이 가장 중요하며 먼 미래에 대해서는 굳이 생각하지 않으려는 경향이 있다. 사실 궁금하기도 하지만 나는 어느 순간부터 후회 없는 생을 살고 있다고 생각한다. 이렇게 도를 통한 말을 하기까지 많은 일이 있었지만 다 감사한 일이고 결국 사람은 신으로 가는 여정에 있다고 믿는다.

사람은 그래서 존귀하며 생은 영원토록 지속된다.
언젠가 맞게 될 이생의 끝자락에서 나는 오늘을 기억할지도 모르겠다.
너무나 행복하고 가슴 벅찬 은혜 아래 내가 있었음을.
사랑하는 사람들과 더없이 행복한 생활을 하고 있었음을.

나를 춤추게 하는 가족 교향곡

마지막 순간

50대 홍현정

누구나 마지막 순간은 있다. 웰다잉(well dying) 상담 공부를 하면서 죽음에 대하여 깊은 생각을 했다. 상실 수업 시간에 소중했던 5가지 영역 (소중한 물건, 가장 좋아하는 활동 5가지, 신체 중 가장 중요한 부위 5곳, 중요하다고 여기는 가치 5가지, 가장 사랑하는 사람 5명)에 대하여 5개씩 적고 25개를 하나하나 지워나갈 때 깨달았다. 내가 소중하게 여기는 것이 무엇이고, 무엇에 가치를 두고 살아야 하는지 새기게 되었다. 지금 내가 귀하게 여기는 것들이 이 세상을 떠나는 그 순간에 과연 귀한 게 맞을까?

소중하게 여기는 것들이 더 이상 소중하지 않을 수 있다. 평소에 사물이나 사람에 집착하지 않으려고 노력하는 이유다. 사람이 가장 중요하고 그다음엔 없다. 매일 내려놓는 연습을 한다. 사람만큼 중요한 게 없기에 모든 일에 우선시하는 게 사람이 살고 죽는 문제에 달려있는가를 먼저 생각한다. 살고 죽는 문제가 아니면 그다음부터는 급할 게 없다. 이것은 웰다잉 강사 최형숙 대표님에게 배운 것이다. 세상에 애착을 내려놓고 최선의 삶을 살고자 하는 마음이 있으니 어느 한쪽으로는 큰 짐이 내려진 듯하다. 표현해야 사랑인데 나는 잘하지 못했다. 나중으로 미루지 말아야 한다. 지금은 노력으로 표현을 많이 할 줄 안다.

엄마가 갑자기 돌아가셨을 때 죽음에 대한 준비가 전혀 안 되어 있었다. 웰다잉에 관한 공부가 되어 있더라면 엄마의 사망으로 인해 긴 세월을 슬픔에 젖어 있지는 않았을 것이나. 기쁘게 보내드리고 나도 때 되면 엄마 계신 곳으로 가면 된다. 마지막을 생각하며 준비하다 보니 지금 내가 무엇을 하든지 이 일이 꼭 해야 하는 것인지, 그렇지 않아도 되는지 생각하며 실행하다 보면 예전보다 삶이 단순해지고 가벼워지는 느낌이 들었다. 사람 사는 일도 죽고 사는 문제가 아니면 크게 염려하지 않는다. 가까운 사람의 사망으로 인한 상실감은 경험하고 싶지 않다. 감정을 치유하는 데 많은 시간이 걸리지만, 평소에 준비해놓으면 상실감을 경험하지 않아도 된다.

웰다잉 심리상담 공부를 하면서 알게 되었다. 우리가 여행을 가게 되면 미리 계획이나 준비하게 된다. 죽음을 맞이할 준비는 당연히 해야 한다. 그런 것에 대하여 배운 적도 없고 들은 적도 없다. 하지만 이제는 배워서 알았다. 준비를 잘하면 죽음은 결코 두려운 것이 아니다. 장례식장에서 슬피 울지 말고 고인이 평소에 좋아했던 노래 틀어놓고 기쁘게 보내드리고, 떠나는 분을 위해 기도하자. 당하는 죽음이 아니라 맞이하는 죽음을 준비해야 한다.

죽는 순간까지 나는 어떤 가치로 남을 것인가?

남은 평생을 요양병원에서 사정이 어려운 사람들을 무상으로 돌보다 가신 한원주 94세 국내 최고령 의사가 마지막에 남기고 가신 말을 생각한다.

힘내!

가을이다!

사랑해!

얼마나 멋진가?

마지막에 나는 당당하게 "덕분에 감사를 배우고 행복하게 지내다 갑니다."라고 말하고 싶다.

60대 유유정

사람은 살아온 모습 그대로의 모습으로 죽는다고 한다.

잘 살아야 잘 죽을 수 있다. 과연 잘 살아야 한다는 것은 어떻게 살아야 잘 사는 것일까? 정답이 있을까? 나도 어떻게 살아야 잘 사는 것인지 궁금하다.

친정어머니의 삶을 생각해보게 된다. 엄마는 삼남 삼녀 막내로 태어나셨다. 젊은 시절은 잘 모르겠다. 내가 태어나 나의 시선으로 보이는 어머니의 삶은 외로운 삶이다. 성품은 차분하게 모든 사람을 챙기고 자상하기까지 한 엄마였다. 어린 시절 외할머니께서 고갯길을 넘어 30분쯤 걸어가는 동네에 사셨다. 어머니는 할머니 생신에 음식을 해서 한 광주리에 담아 머리에 이고 아침 생신상을 차려 드리곤 하셨다. 어머니의 정성스러운 마음은 나는 알고 있다. 막내였던 어머니는 외할머니를 옛날에도 가까이 사시기에 보살펴 드린 생각이 난다. 할머니께서는 내 나이 스무 살쯤에 돌아가셨다. 그 당시 엄마의 의지할 분은 외할머니였을 텐데 외할머니가 돌아가셨으니 어머니가 더욱 쓸쓸해 보였다. 내 어머니 모습이 기억난다. 어머니의 엄마가 돌아가신 모습이 안쓰럽고 초췌해 보였다.

어머니의 울고 계시는 모습을 두 번째 보게 되는 것이다. 어릴 때 어느 날 아무도 없는 방에 앉아 무릎에 얼굴을 묻고 소리 없이 울고 계시는 모습을 보게 되었다. 내 나이 7세쯤 되던 때이다. 어머니의 어린 시절 서른 채 되지 않은 나이였을 것이다. 삶이 힘들고 고통스러운 일이 있었을까? 이번엔 외할머니가 돌아가셔 슬프게 울고 계시는 모습을 보니 마음이 아팠다. 어머니는 힘드신 것을 이겨내며 우리 가족이 크고 성장하는 데에 크나큰 공을 들여주셨다. 인생을 잘 살고 떠나신 걸까? 부모님의 자식 사랑은 누가 알까마는 말이다. 어머니의 돌아가신 모습은 세상에도 없는 편안함을 보여주시고 얼굴만 보여준 모습이 천사의 얼굴같이 뽀얀 살결에 수의 옷을 입은 모습이었다.

마지막 가시는 길이 예쁘고 고우신 모습은 나의 마음을 슬프게 했다. 지금의 내 기억은 더없이 평안해 보이는 어머니, 배려하며 소통하며 잘 사시고 가신 모습을 감사드린다.

인간이 태어나는 것은 인생 입학식이라고 했다.『잘 죽어야 합니다』책 중에서, 인생 입학식은 내 마음대로 할 수 없어도 인생에 졸업식은 준비하고 공부한 만큼의 삶을 후회 없이 맞이할 수 있을 것이라 한다.

후회 없는 인생을 살아가려면 과연 어떻게 살아가는 것이 정답일까? 웰빙(well-being)으로 살아가는 삶이 잘 사는 것이라고 말한다면 정신과 신체를 건강하게 살아가야 한다. 잘 살아야 잘 늙고 웰에이징(well-aging)으로 살아갈 수 있다.

우리네 인생에서 죽음은 삶과의 일부분이다. 죽음 준비도 삶의 준비이다. 삶의 끝자락 5년 전부터 투병의 시간이라 한다. 인생을 외롭게 사는 것보다 함께하는 삶으로 소통하며 배우며 나누면서 살아가는 건강한 삶이라 생각한다. 끝자락의 인생을 잘 맞이하며 사는 여정을 웰다잉(well-dying)으로 사는 인생이라 생각하며 글을 적어본다.

에필로그

감사인사

응벤져스팀(응답하라 3040 공저 진행팀)을 만난 것은 마치 행운과도 같은 기적이었다. 이 책이 나오기까지 기획 진행과 코칭에 애써주신 이루미, 권세연, 이고은 작가님들 그리고 공감뿐 아니라 책을 함께 써보자고 권해주신 장유진, 오제현 작가님들, 홍보로 애써주신 이한나 작가님, 치유적 글쓰기 모임의 성정민 대표님, 글쓰기 특강에 이가희 박사님께 먼저 깊은 감사의 마음을 전한다. 인생에 가장 중요한 재산은 돈이나 명예보다는 사람 그리고 인연이었음을 다시 한번 마음 깊이 새긴다. 이 책에 다양한 색채를 더해주신 10명의 작가님, 추천사 써주신 분들, 출간해주신 청어출판사 가족들과 그의 모든 가족분께도 감사를 전하며 이 책이 독자님들에게 아련한 추억을 선물하고, 작가들과 함께 울고 웃을 수 있는 위로의 글이 되기를 기대해 본다.

-공저 9기 일동 드림

강은혜 작가님

우연한 계기를 통해 공저에 참여하여 글을 쓰게 되면서 함께의 힘을 알게 되었다. 글을 잘 쓰는 작가가 되기보다는 누군가에게 힘을 줄 수 있는 작가가 되기를 소망해 본다. 글에는 사람을 살리는 힘이 있음을 믿기에 오늘도 누군가의 마음에 남고, 삶에 여운을 줄 수 있는 글을 쓰기 위해 노력하고 싶다. 가족에 대한 글을 쓰며 나의 아픔과 경험이 다른 사람의 삶에 풍요로움으로 더해지기를 기대해 본다. 죽어야 많은 열매를 맺는 밀알처럼.

이선지 작가님

글을 쓰고 책을 낸다는 것은 나처럼 보통 사람에게는 상상하기조차 어려운 특별한 일이다. 지인을 통해 알게 된 "응답하라, 3040 주부!" 공저 프로젝트는 사람을 귀히 여기는 예쁜 마음을 가진 대표님과 추진력 있는 운영진을 통해 꿈을 현실로 만들어주었다. 가족이라는 주제로 글을 쓰면서 값없이 받은 부모님 사랑에 감사함을, 우리 가정의 웃음꽃이 되어 주는 딸들과의 소중한 추억을 다시금 떠올릴 수 있는 시간이었다.

나를 춤추게 하는 가족 교향곡

정서인 작가님

가족이라는 주제로 글과 함께 마음껏 동행했다. 짧고도 낯선 이 여행으로 가족의 의미를 다시금 생각해보면서 부모님의 사랑을 재조명하게 되었다. 부모님께 뜨거운 감사가 용솟음쳤으며, 동시에 지금의 가족에게 미안함의 마음도 북받쳐 올라왔다. 가족의 울타리 안에서 함께 울고, 함께 웃으며 크고 작은 인생의 부침 속에서 잘 버티며 함께해 준 가족이 있어 행복하다. 글쓰기 여행에서 가족이라는 울타리가 얼마나 든든하고 소중한지를 다시금 깨달았다.

김희정 작가님

온라인 대가족 팀에 막차를 타고 합류하게 되면서 무척 바빠졌다. '늦게 배운 도둑이 날 새는 줄 모른다.'고, 내 마음 안에 있어서 누군가에게 하고 싶었던 말들이었기에 글은 술술 써 내려가졌다. 쓰는 동안 '나비의 날갯짓이 태풍을 불러오듯' 마음이 정화되었다. 마음이란 마당에 버릴 건 버리고 담을 건 주워 담으면서 정리되어 갔다. 관계에서도 가지치기가 필요함을 느끼는 참으로 의미 있는 작업이었다. 덕분임에 감사함을 전하고 싶다.

신유정 작가님

글을 쓰며 행복했던 어린 시절과 힘들었던 기억을 떠올리며 지금 내가 누리고 있는 이 모든 것들은 당연한 것이 아니라는 것을 알게 되었다. 마음에 얽히고설켰던 부분들을 글로 풀어내며 심상을 찾을 수 있었다. 시련이 닥칠 때 긍정적 정서는 진정 큰 힘을 발휘한다. 고난과 역경을 이겨낸 가족들의 얼굴에 웃음꽃이 활짝 핀다. 그래서 가족인가 보다. 지금까지 힘든 시간을 잘 버티고 함께해 준 가족이 있어 행복하다.

권정란 작가님

작가가 된다는 것은 나를 알아가는 과정이었다. 글을 쓰는 동안 나의 과거와 현재를 들여다보는 시간이었고, 미래를 기대할 수 있었다. 하나의 주제를 생각하면 그 시간대의 내가 펼쳐졌다. 혼자 웃기도 울기도 하면서 한 문장씩 써 내려갔다. 그렇게 가족의 소중함을 깨달아가는 시간이었다. 지금 가족과 함께하는 시간을 헛되이 보내지 않으리라는 다짐과 함께.

나의 감정 배설(카타르시스)을 통해 자정 작용을 하게 한 이 책이 참 소중하다.

이은주 작가님

가족이라는 주제로 글을 쓰게 되었다. 글을 쓰면서 내 속에 있는 상처가 치유되는 놀라운 기적이 일어났다. 부모님 원망했던 일들이 용서로 바뀌면서 뜨거운 감사가 올라왔다. 마음이 따뜻한 부모님이었기에 나또한 따뜻한 심성을 물려받을 수 있었다. 그리고 모진 삶에서도 가정을 지키고 자식들을 지키려는 엄마의 사랑도 보았다. 나 또한 내 가정과 자식을 지켜낼 수 있었던 것은 사랑하는 가족이 있었기에 가능한 일이었다. 글을 쓰면서 가족이 얼마나 소중한 존재인지 다시 한번 깨닫게 되는 시간이었다.

장희선 작가님

전자책으로만 글을 쓰다가 처음으로 종이책이 나오는 귀한 경험을 할수 있게 해주신 응답하라 공저 진행팀들께 감사함을 전하고 싶다. 마음속 깊이 묻어놨던 추억들을 꺼내어 보며 행복했던 시간, 의미 있던 시간을 돌아볼 수 있었던 행복한 추억 여행이었다. 같이 소통하며 격려해 주신 여러 작가님께 감사하고, 또 다른 이야기로 찾아뵐 수 있으면 좋겠다.

홍현정 작가님

내 안에 쌓여 있는 모든 것들을 다 글로 쓰고 싶었다. 표현이 부족하고 밖으로 내놓는 게 어색하다. 자꾸 내놓다 보면 원하는 만큼의 표현을 할 수 있지 않을까? 라는 생각을 했다. 가족이 주는 든든함과 울타리였던 부모님의 모습을 기억하며 나도 어느새 내 아이들의 울타리가 되고 내가 기억하는 부모님의 나이가 되었음을 깨닫는다. 글은 치유의 효과가 있고 비움의 효과가 있다. 글을 쓰며 추억을 하게 되고 잊혔던 일을 기억 선상에 떠올리는 일은 새로운 가슴 떨림이다.

유유정 작가님

언제나 가족은 소중하다는 걸 알면서도 오히려 친절하지 않다. 진실한 듯하면서 서로 모르는 부분이 많은 관계가 바로, 가족이다. 조금 더 가까이에서 살갑게 지내는 가족이 되려고 노력해야 가까워진다. 부모님과의 관계가 그랬듯이 나 자신도 딸들과의 관계는 가깝지는 않았다. 언제부터인지 관계에 장벽을 깨기 위한 노력을 하고 있다. 노력하니 점점 좋아지고 아이들도 가까이 다가오고 있다는 것을 느끼게 된다. 책으로 느낌을 받고 실행해본 것이다. 심리에 관한 책을 좋아하기에 한때 재미있게 읽었다. 나도 이젠 우리 가족 중에 제일 어른이다. 부모님이 안 계시기에 내가 어른이 되었다.

나를 춤추게 하는 가족 교향곡

부록

가족 편지

응답하라 공저팀 신념과 연혁

강은혜 님의 가족 편지

엄마 이번에 엄마가 책을 쓰게 되었다는 얘기를 들었어요. 이 일이 엄마에게 좋은 경험이 되었으면 하고 엄마의 글을 읽고 엄마의 첫 번째 팬이 생겼다는 얘기를 꼭 전하고 싶어요. 항상 감사하고 사랑해요.

- 자랑스러운 나의 엄마에게
사랑하는 아들이

선미가 결혼하는 날 친구가 나에게 물었다. "사랑하는 딸을 시집보내서 얼마나 섭섭하냐고?"

나는 대답했다. "전혀 섭섭하지 않다고 오히려 둥지를 날아서 자기의 갈 길을 개척하는 조나단처럼 딸이 자랑스럽다고."

나는 안다. 인생은 남이 대신 살아줄 수 없다는 것을, 남이 대신 배고파 줄 수 없다는 것을. 남이 위로는 해줄 수 있지만, 나의 신체적 아픔을 대신해 줄 수 없다는 것을.

어려서부터 아빠가 놀아주지 못하였지만, 선미는 스스로 놀이를 찾아서 놀고 문제가 있을 때마다 스스로 해결하고 스스로 자기의 진학과 진로를 개척해왔다. 나는 단지 지지하고 응원하고 지원하였을 뿐이다. 아빠에게 걱정을 끼친 적이 없으며 늘 기쁨과 감사만 주었다.

유교적 집안에서 자란 나는 아들 선호 사상이 내 안에 늘 존재하였다. 그러나 나의 사상을 완전히 뒤집어 놓은 것은 나의 딸이다. 선미를 키우면서 아들에 대한 사랑과 딸에 대한 사랑은 완전히 똑같다는 것을 나 자신 스스로 느끼고 놀랐다. 그래서 손녀들이 태어날 때마다 손자 손녀 구분 없이 진심으로 사랑하고 축복하였다.

이제는 나의 딸이 딸로서 자랑스러운 것이 아니라 한 남편의 아내로서, 아이들의 엄마로서 더 자랑스럽다. 아이들과의 일상을 적은 글을 보니 영화처럼 장면이 연상 되며 일상에서 느껴지는 감사와 기쁨과 행복이 보인다.

5년 전 남편과 본인의 안정된 직장과 높은 연봉을 모두 내려놓고 더 큰 꿈을 실현하고자 남편과 함께 유럽으로 유학을 떠나는 것을 보고 개척자의 정신이 느껴졌다. 이제 공부를 모두 마치고 남편과 아이들이 귀국하여 남편은 전 직장으로 복직하고 딸은 새로운 직장을 찾아서 가는 것을 보고 진심으로 존경의 박수를 보낸다.

아빠는 솔직히 말해서 선미가 돌아와서 마음이 놓인다. 조나단처럼 하늘 높이 날아오르기를 바라지만, 보고 싶을 때 볼 수 있고 함께 식사하고 싶으면 식사할 수 있게 되어서 참 좋다.

이제는 아이들이 자라서 자신들의 일과 삶을 찾아서 개척하여 가는 모습에 기대를 갖고 살고 있다. 나는 선미가 남편과 아이들과 변함없이 일상에서 작은 천국 같은 가정의 행복을 느끼며 살아가기를 바란다.

나는 딸이 한 명이지만, 선미는 딸이 세 명이므로 나보다 트리플이상 행복할 것이다.

- 2022.12.12. 아빠 이종오

사랑하는 당신에게...

당신은 만나 지내온 세월속에 다가온 인생의 크고 작은 고난들 중에서도 묵묵히 이겨내 온 당신에게 고맙다는 말을 먼저 하고 싶어요.

주의 종으로 부름받고 공부를 시작한 때부터 주말 부부로 떨어져 지낸 수 밖에 없는 상황이었죠. 주말을 보내고 정리할 때 못내 아쉬움과 허전함을 안겨줄 때 그 빈자리를 채워줄 수 없음 땜에 미안한 마음이 긴 여운으로 남아 늘 미안합니다. 그러면서 서로에 대한 애틋한 마음이 더 커져만 가는 것 같아요. 세월이 흐른 만큼 서로를 향한 마음은 사랑으로 때로는 친구처럼, 때로는 연인처럼, 가끔 전우(?)처럼 지내기도 하지만 늘 응원해주는 당신이 있어서 오늘도 용기내어 살아갈 수 있어요.

우리는 늙어가는 것이 아니라 익어간다는 어느 노랫말 처럼 남은 삶이 점점 익어감으로 더 성숙한 인생이 되길 바라고 기대합니다. 그러기 위해서 더 건강해야 한다는거 잊지말아요.

당신의 꿈이 이루어지길 항상 기도할게요.
힘내요.

사랑하는 남편이...

가족 편지

김희정 님의 가족 편지

엄마,

2주 전 상견례를 하고 내년 결혼예식 날을 잡아 둔 이 시점에서 부모님 특히 엄마에 대하여 생각을 참 많이 하게 되네요. 아버지, 엄마도 아이에 대하여 이야기하지 않은데 자기가 볼 테니 빨리 낳으라고 너스레 떠는 동생을 보면서도 마찬가지구요.

결혼을 하고 아이를 낳으면 '자식을 위한 삶을 살 수 있을까?'라는 생각을 한 번씩 해보곤 해요. 너무나 당연하게 누렸던 엄마의 희생과 사랑이 쉽지 않겠다는 생각을 합니다. 가끔 그런 희생과 사랑이 부담스러워 '고맙다' 표현하지 못하고 되레 짜증을 내기도 했지만, 이 아들의 마음은 '그런 것이 아니었다'고 편지를 통하여 전해 봐요.

우리 가족을 위해 누구보다 열심히 사시는 엄마! 정말 감사해요. 그런 모습을 보는 나도 열심히 살려 하고 엄마를 통하여 삶에 대한 태도를 수정하고 많이 배우게 됩니다.

엄마,

그거 알아요? 엄마의 아름다운 동행 상담센터 블로그에 주기적으로 들어가 새롭게 업데이트되는 내용들을 읽고 있다는 사실요. 모르셨죠? 얼마 전 새롭게 업데이트된 내용을 보게 되었어요. '언니, 김희정 소장님 소개해 준 것으로 언니 할 일 다 했어'라는 후기를 보면서 무언지 모를 뭉클함에 울컥했네요. 그분의 내용 마지막 부분에서 엄마에 대하여 '한 사람의 삶을 바꿔줄 수 있는 사람'이라고 되어 있더군요.

나를 춤추게 하는 가족 교향곡

우리 자식에게 뿐만이 아니라 상담실 찾아오시는 분들의 삶까지도 바꿔줄 수 있는 그런 분을 내 엄마로, 우리 남매의 엄마로 두었다는 것이 너무나 멋지고 자랑스럽고 감격스럽게 다가옵니다.

사랑하는 우리 엄마, 내년이면 부모님의 곁을 떠나 한 가정을 이루고 누구의 사위, 누구의 남편, 누구의 아빠로도 살아가겠지만 엄마의 아들로서도 건장하게 옆에 있고 싶습니다.
옆에 있게 해주실 거죠?

지금까지는 엄마가 나와 동생의 삶을 응원하고 지지하였다면,
이제부터는 며느리까지도 엄마의 삶을 응원하고 지지할 겁니다.
힘나시죠?
그래요. 우리 이렇게만 살아갑시다.

엄마. 사랑하고 존경하는 우리 엄마.
불러보고 불러 봐도 질리지 않은 그 이름.
"엄마… 엄마… 사랑합니다. 엄마…"

- 2022년 12월 13일 핸드폰에
'사랑 따따블 아들'이라 저장되어있는
엄마의 아들 동혁 드립니다.

가족 편지

사랑하는 아내에게

고맙습니다. 갑작스러운 사고로 내가 쓰러지고 병원에 입원하며 생사를 오고 갈 때 나를 기다려줘서 고맙습니다. 병원에서 수술 두 번을 하면서 기억력이 많이 떨어진 것을 알고 있습니다. 기억하는 것이 많지 않아 지금도 당신이 말한 내용을 이해할 수 없을 때도 있습니다. 운동을 좋아했던 나는 재활 운동을 하면서 당신과 아들들이 있는 집으로 돌아가기 위해 많이 노력했습니다.

내가 행복할 때
외출에서 현관문에서 나를 반갑게 맞이할 때
신랑이 아픈 것을 이해해줘서 고맙고
그리고 이렇게 낫게 해주고
나를 기다려줘서 고마워요, 사랑해요.
시간을 돌릴 수 있다면. 아래 사진 그때로 돌아가고 싶소….

-사랑하는 남편

엄마, 딸 하진이예요.

편지 쓰는 게 너무 오랜만이라 어떤 말부터 해야 할지 잘 모르겠지만, 엄마한테 먼저 '고맙다'는 말부터 해야 할 것 같아요. 5년이라는 긴 시간 동안 제 병간호해 주시고, 요즘은 제가 하고 싶은 거 다 해주시느라 어디든 차 태워서 같이 가 주시고, 뭐든 해보겠다고 하면 어떤 것이든 응원해주셔서 정말 고마워요.

저 때문에 오랫동안 하던 일도 그만두시고 긴 시간 간호하면서 얼마나 많은 눈물과 땀을 흘렸는지 제가 다 알지는 못하지만, 그냥 한없이 고맙고 미안하고 사랑해요. 내 진심을 말로 다 전달할 수는 없지만 난 다음 생에도 엄마 딸로 태어나고 싶어요.

마지막으로 작가 되신 거 너무 축하드립니다!

-딸 하진 올림

가족 편지

사랑하고 존경하는 엄마에게

엄마, 내가 쓰는 몇 줄 안 되는 편지에 엄마의 소중함과 아름다움을 다 표현하기는 어려울 것 같다. 그래도 엄마에게 마음을 표현할 수 있다는 사실만으로도 감사하다.

매일 사랑하고 존경한다고 표현해도 모자랄 만큼 엄마의 존재는 내게 큰 힘이고 내가 있을 수 있는 이유 중 하나야. 가끔 엄마를 '엄마' 아닌 '이름'으로 부르고 싶다는 생각을 했었어.

내 어릴 적 기억 속에는 항상 엄마를 '~엄마' '~엄마'라고 부르는 장면이 많은데 사춘기가 끝난 무렵에 문득 엄마가 엄마라는 이름 아래 이은주라는 이름을 잃어 가면 어쩌나? 하는 어린 노파심이 생겼어서 그랬던 것 같아. 그런데 정말 엄마는 무적일까? 지금도 여전히 여자로서 또 엄마로서 또 이은주라는 고유한 멋진 사람으로서 빛나는 엄마를 보면 감탄을 넘어서 감동이고 새삼 내가 정말 복 받은 사람이란 생각을 해 ㅎㅎ 내가 이런 엄마의 딸이라니~ 엄마를 엄마라는 이름에 담고 표현하기에도 정말 부족하다고 느낄 만큼 엄마는 내게 여러 의미로 소중해.

엄마는 내가 아는 사람 중에 가장 사랑스럽고, 가장 닮고 싶고, 또 가장 존경하는 사람이야. 엄마의 맑은 눈동자, 맑은 마음, 또 맑은 목소리 또 나를 향한 사랑…. 나는 정말 행복한 사람이야. 이은주! 당신은 빛나는 존재! 그런 당신이 나의 엄마라는 사실은 세상 그 어떤 것도 부럽지 않은 가장 큰 선물이야. 사랑해요!

-딸 나기 올림

가족 편지

언니야.

나야 영화.

새삼 언니에게 편지를 쓰려니 어색하네.

그래도 내가 언니에게 받은 게 많아서 감사 인사는 하고 싶었어.

언니 때문에 나는 세상의 의미를 알게 돼. 언니 덕분에 또 나는 돈을 어떻게 써야 하는지, 어떻게 물건을 사야 좋은 걸 고르는지, 돈의 소중함과 재물을 어떻게 구하게 되는지 궁금하게 되고, 쓸데없이 돈 낭비를 하는 어리석음을 범치 않게 되고, 경제를 배우지 않아도 정답을 찾게 되며, 순수하게 복 있고 보람있게 살아가게 되는 거 같아 너무 감사해. 언니에게 너무 받은 게 많아 감사하고 고마워.

형부랑 행복하게 잘 살고 정말 고마워 언니.

-사랑하는 동생 영화가

사랑하는 엄마

엄마에게 편지를 써 본 지가 언제인지 기억이 까마득해요. 축하 카드는 가끔 쓰는데 모든 대화를 카톡으로 하다 보니 편지는 낯설어요. 엄마에게는 식지 않는 열정이 있어요. 그 원천이 무엇일까? 생각해 본 적 있는데 성취감이 엄마를 계속 도전하게 만드나 봐요.

사진은 엄마가 영어로 된 패턴을 보며 처음으로 떠주신 인형이에요. 포근한 수면사로 떴다고 하셨는데 부드러워서 좋아요. 엄마는 인형처럼 늘 포근한 사람이에요. 안고 있는 인형처럼 나에게 늘 따뜻해요. 학교 가서 먹으라고 과일도 싸주시고 건강도 많이 신경 써주시는 것 가끔 불편했는데 학교 친구들은 부럽다고 했어요.

엄마가 교통사고 난 후 누워계실 때 회복이 잘 안될까 봐 처음으로 불안했어요. 엄마는 병원 의사가 하라는 대로 모든 일을 다 접고 치료에만 집중하셨고 잘 회복하셨어요. 감사합니다.

대단하신 우리 엄마! 계속 책을 쓰시네요. 엄마가 만들어 가는 엄마의 세상을 응원합니다. 저에게 잘해주셔서 감사합니다. 저도 엄마처럼 시간 관리 잘하면서 살게요. 파이팅!

우리 할머니

저는 서울중평초등학교 3학년 4반 2번 문서진 입니다.
보통 얘기해 봤자 모르시겠지만, 우리할머니는 저와 저의 남동생
승우를 돌보면서 어른신들을 웃음치료로 기쁘게 해주신 시니어
강사입니다. 우리 할머니의 이름은 "유유정" 입니다. 2022년으로 봐서
63세 이시겠군요. 제가 어려서부터 할머니께서 엄마 대신에
돌봐주고 있습니다. 늘 피아노 학원이 끝나면 할머니께서 대려고 올때
부터 강의를 시작하고 계신것 같습니다. 코로나19로 잠시 쉬신걸로 알고있었어요.
그런데 우리 할머니의 엄마가 일찍 돌아가셨다고 들었는데
외매 없던 할머니의 남매들이 많이 속상하실 것 같은데 2022년
10월에 할머니의 아빠까지 돌아가셔서 할머니가 너무 속상하실것 같은데
내색 없어선 늘 밝고 예쁜 웃는 모습을 보여드리더라고요.
자라면 늘 슬픔에 잠길것같은데 말여죠. 저는 우리할머니가
그렇게 좋더라고요. 항상 할머니께서 저의 집에서 자고 가시는 날은
동생과 할머니와 단둘이 저러고 다투었어요. 물론 오늘까지도요.
난 우리할머니와 평생 살고싶어요. 나는 우리 할머니를 사랑해요.

2022년 12월 21일
— 한 해가 정리되고 있는 오늘에 —
문서진 올림

나를 춤추게 하는 가족 교향곡

응답하라 공저팀 신념과 연혁

신념 '주부도 경력이다!'

사람을 세상에 내어놓고 티 안 나는 집안일들로 가정을 움직이게 하는 우리 주부는 애들 키워내고 세상에 나가면 소위 경단녀라 불리는 '경력 단절 여성'이 된다. 매일 위대한 일을 해내면서도 우리는 움츠러들고 작아지는 모든 게 처음인 초년생이 되는 것이다.

나랏일 보는 분들의 가치는 높게 평가받지만, 가정일 보는 주부의 가치는 스스로뿐만 아니라 대부분 사람들도 별스럽지 않게 생각한다. 그래서 '주부도 경력이다!'라는 슬로건으로 안정감 있는 모임, 책 쓰기, 강의로 재미, 의미, 가치를 창출하여 '주부' 본연의 가치를 함께 빛내려 한다.

나를 춤추게 하는 가족 교향곡

연혁

　응답하라 공저 팀은 주부 일상, 말, 가족 관련 온라인 모임들로 시작되었고 그 모임들을 공저 1~10기까지 책 쓰기로 연계 진행했다.

　공저 1기 출간 후 2년 내에 공저와 개인 전자책으로 220명(중복, 종이책, 전자책 모두 포함)의 출간을 도왔다. 그 모든 과정의 총괄기획은 이루미 대표가 했고 공저 1~7기까지 이윤정 작가가 함께 진행과 코칭을 했다. 공저 6기 중후반부터 권세연 작가가(6기, 8~10기) 기획진행에 합류했고 (8~10기) 코칭은 이고은, 공감팀으로 장유진(6기~10기), 윤미(7기), 오제현(9, 10기) 홍보는 이한나(4~10기) 작가들이 함께 진행했다. 공저 책들 중에는 베스트, 교육부 선정된 것들도 다수 있으며, 베스트 출간 뿐 아니라 베스트 인연도 남기고 있다.

　현재(2023년 1월) 말, 일상, 가족 시리즈는 각 최대 10명(1인 A4 10장 내외), 핵심주제 시리즈는 최소 50명에서 최대 100명까지(1인당 A4 한 장) 모집 예정이다. 공저 11기는 '가족도 경력이다'(가제) 주제로 한국의 100명 내외의 가족과 진행 중이다.

2020년 12월 10일 공저 1기(6명)   『응답하라 3040주부!』(주부 일상편 1탄)

2021년 9월 1일   공저 2기(9명)   『그래도 괜찮아, 가족이니까!』(가족편 1탄)

2021년 11월 9일   공저 3기(16명)   『내가 가장 듣고 싶은 말』(전자책)

2022년 3월 17일   공저 4기(10명)   『오늘도 애쓰셨습니다』(주부 일상편 2탄)

2022년 5월 19일   공저 5기(10명)   『우는 말 웃는 말』(말편 1탄)

2022년 5월 10일   공저 6기(57명)   『내 인생을 바꾼 사람들』(핵심주제편 1탄)

2022년 9월 30일   공저 7기(13명)   『괜찮은 오늘 꿈꾸는 나』(주부 일상편 3탄)

2022년 11월 25일 공저 8기(55명)   『내 인생의 첫 기억』(핵심주제편 2탄)

2023년 4월 10일   공저 9기(10명)   『나를 춤추게 하는 가족 교향곡』(가족편 2탄)

2023년 상반기 출간예정 공저 10기(9명)   『당신의 말 한마디에』(말편 2탄)

그 외 개인 전자책 출간 진행 31명